書下ろし

# 忘れえぬ

風烈廻り与力・青柳剣一郎66

小杉健治

JN100341

祥伝社文庫

# 目次

浅草
吾妻橋
不忍池
神田川
両国橋
竪川
隅田川
浜町堀
小伝馬町
新大橋
小名木川
南町奉行所
閻魔堂橋
永代橋
八丁堀
数寄屋橋御門
深川
露月町
北
西
東
南

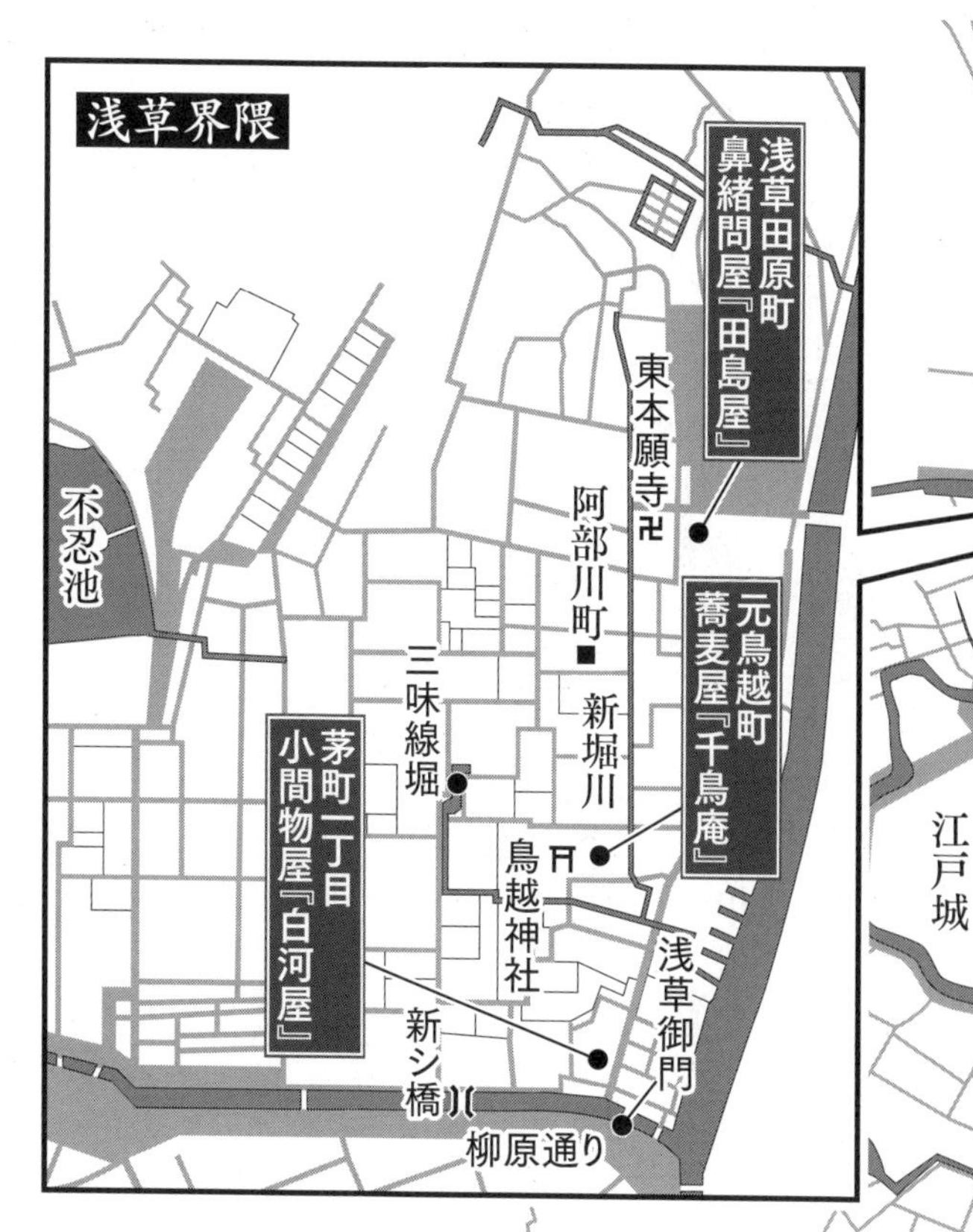
浅草界隈
浅草田原町
鼻緒問屋『田島屋』
東本願寺
阿部川町
不忍池
元鳥越町
蕎麦屋『千鳥庵』
新堀川
三味線堀
茅町一丁目
小間物屋『白河屋』
鳥越神社
浅草御門
新シ橋
柳原通り
江戸城
増上寺

# 「忘れえぬ」の舞台

# 主な登場人物

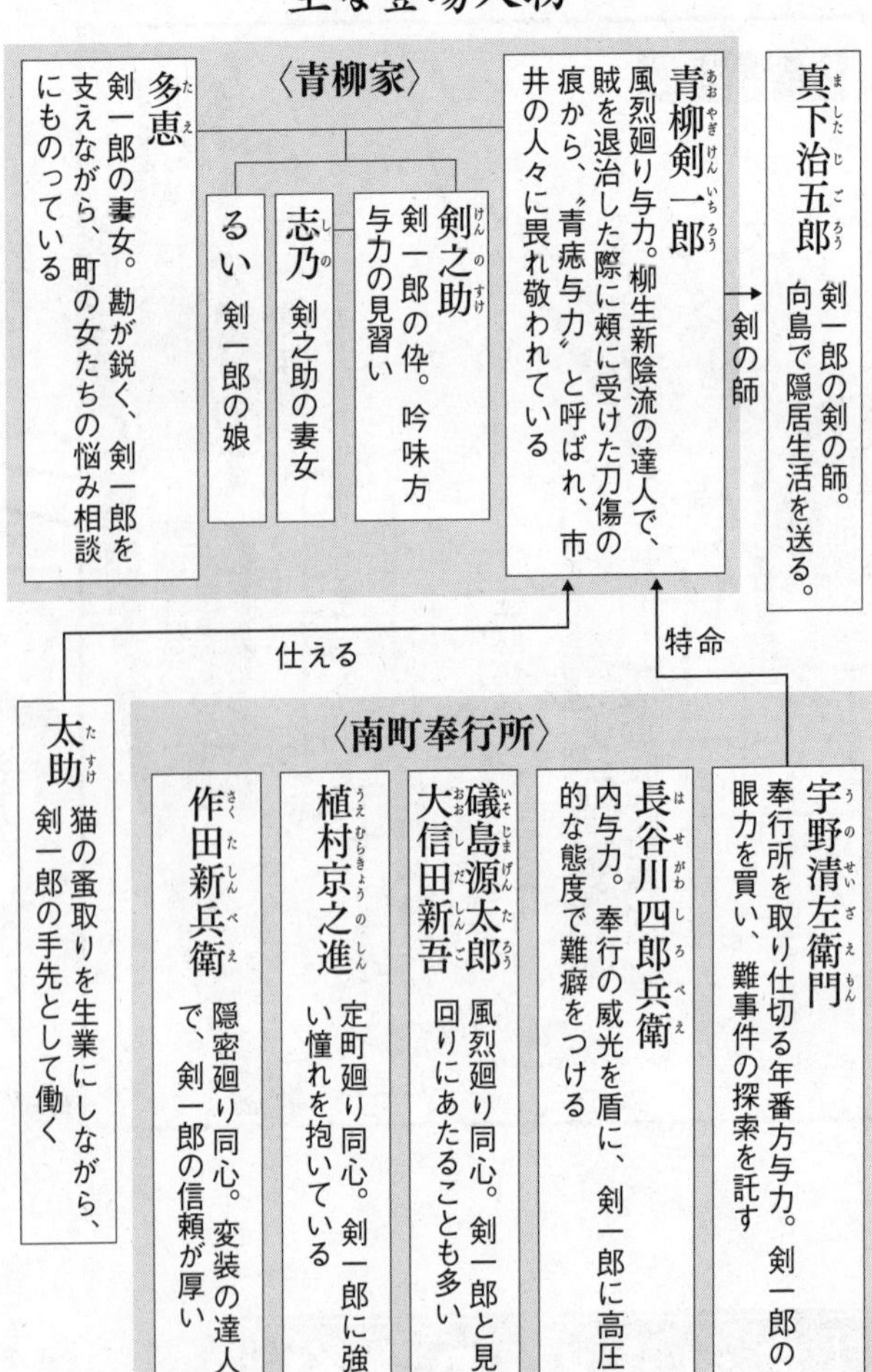
〈青柳家〉
青柳剣一郎
風烈廻り与力。柳生新陰流の達人で、賊を退治した際に頰に受けた刀傷の痕から、〝青痣与力〟と呼ばれ、市井の人々に畏れ敬われている
剣之助
剣一郎の伜。吟味方与力の見習い
志乃
剣之助の妻女
るい
剣一郎の娘
多恵
剣一郎の妻女。勘が鋭く、剣一郎を支えながら、町の女たちの悩み相談にものっている
真下治五郎
剣一郎の剣の師。向島で隠居生活を送る。
剣の師
特命
仕える
太助
猫の蚤取りを生業にしながら、剣一郎の手先として働く
〈南町奉行所〉
宇野清左衛門
奉行所を取り仕切る年番方与力。剣一郎の眼力を買い、難事件の探索を託す
長谷川四郎兵衛
内与力。奉行の威光を盾に、剣一郎に高圧的な態度で難癖をつける
礒島源太郎
大信田新吾
風烈廻り同心。剣一郎と見回りにあたることも多い
植村京之進
定町廻り同心。剣一郎に強い憧れを抱いている
作田新兵衛
隠密廻り同心。変装の達人で、剣一郎の信頼が厚い

# 第一章　夫婦蕎麦

一

南町奉行所与力青柳剣一郎は八丁堀の屋敷に帰り、継裃から常着に着替え、居間に落ち着いた。

庭の梅も芽ぶいてきた。

妻の多恵が、

「今日、お房さんという二十五、六の女のひとが相談にやってきました」

と、切り出した。

与力の屋敷は来客が多い。特に青痣与力と呼ばれる剣一郎のもとを訪れる者は数知れない。

剣一郎は風烈廻り与力であるが、難事件には特命を受けて探索に乗り出す。

若いころ、人質をとって立て籠もった浪人たちの中に単身で踏み込み、賊を倒して人質を救った。そのとき左頬に受けた傷が青痣で残ったが、それは正義と勇気の象徴と言われ、その後、数々の活躍から人びとは畏敬の念をもって、剣一郎を青痣与力と呼ぶようになった。

そんな剣一郎のもとを訪れる来客の応対をするのが多恵である。客のすべてが剣一郎への挨拶や頼みごとではなく、多恵に相談しにくる者も多かった。夫婦間の揉め事や子どものこと、隣人との付き合い方など日々の暮らしに根ざした相談だ。

多恵はどんな相手にも真摯に向き合い、話を聞き、適切な助言をするので、ますます相談者が増えていた。

「茅町一丁目に『白河屋』という小間物屋があるそうです。ご主人の好太郎さんは三十歳ぐらい、内儀のおゆうさんは二十七、八歳で、とても美しい方だとか」

剣一郎には何の話かまだわからなかった。

「『白河屋』は旗本坪井貞道さまのお屋敷に出入りしていて、坪井さまのご指名で納品や集金の際には必ず内儀のおゆうさんが行くそうです。その度に、坪井さまがおゆうさんに迫っていると」

「なに、迫る?」

剣一郎は思わず顔をしかめた。

「お房さんが言うには、おゆうさんはうまく逃げているそうですが、いつまで魔の手から逃れられるかわからないと。いっそお屋敷に行かなければいいのでしょうが、断れば出入りを差し止められる。そうなると、『白河屋』も痛手なので、おゆうさんは従うしかなく……」

「お房は、おゆうに近しい人物なのか」

「おゆうさんとは以前、お琴(こと)の稽古(けいこ)でいっしょだったので、いまでも仲良くしているということです。だから、ぽろりと打ち明けてくれたのでしょう」

多恵は続けた。

「好太郎さんに気づかれてはたいへんだから、体の不調など、なんらかの理由を作って、これ以上、坪井さまのお屋敷に行かないように説き伏せようとしたそうですが、おゆうさんは一時しのぎに過ぎないと……」

「おゆうは追い詰められているのか」

「ええ、この際、好太郎さんにこのことを告げるべきかどうか、お房さんは悩んでいるようです」

「しかし、どこまで真実なのか」

剣一郎は慎重になった。

「確かに、お房さんの話だけではわかりません。ただ、お房さんは『白河屋』の番頭さんから話を聞いてくれと」

「そうか」

「でも、ちょっと引っ掛かるところがあるんです」

多恵は眉根を寄せた。

「引っ掛かるところ？」

剣一郎は多恵の厳しい顔を見つめた。

「お房さんはお琴を習いに行っていたというので、商家か職人の親方の娘さんかと思ったのですが、どこか崩れた雰囲気があるのです」

「崩れた雰囲気？」

「ええ。お房さんは、額が広く、目鼻立ちもしっかりしているのですが、少し下唇が出ていて、妙に色気が……。まったくの素人の娘さんとは思えませんでした。もっとも、以前はそうだったけれど、今は違う生き方をしているのかもしれませんが」

「なるほど」

「ただ、話の中身は放っておけるものではありません」

「うむ」

「とりあえず、事実かどうか調べてみようと思っています」

「それがいいかもしれぬな」

毎日のようにひとが訪れるから、多恵が屋敷を空けることの影響は大きいが、幸い、悴剣之助の嫁志乃がいる。志乃は多恵の薫陶を受け、十分に客の応対が出来るまでになっていた。

「太助を連れて行くがいい」

剣一郎は言った。

太助は猫の蚤取りや、いなくなった猫を捜す商売をしている。子どものときに親を亡くし、ひとりで生きてきたが、ときには母が恋しくなり、悲嘆にくれることもあった。そんなときに、剣一郎に励まされたことがあり、そのことを恩義に思っていた。

太助はある縁から剣一郎の手先としても働いている。多恵も明るい太助を気に入り、今では家族の一員のようになっていた。

夕餉を摂り終えたあと、庭先に太助がやってきた。

「上がれ」

剣一郎は声をかける。

「はい」

太助は濡縁に上がり、居間に入った。

「飯は？」

「まだです」

「そうか。では、食ってこい」

「はい」

「それから、多恵がそなたに頼みがあるそうだ」

「喜んで」

太助はうれしそうに言う。

ちょうど、多恵がやってきた。

「太助さん、来ていたのね」

多恵が顔を綻ばせた。

「夕餉はいただくでしょう」

「はい」

太助は応じたあと、

「あっしに頼みがあるそうですが」

と言い、

「何でも仰ってください。どんなことでもしますんで」

「太助、そんな大仰なことではない」

剣一郎が苦笑した。

「茅町一丁目にある小間物屋の『白河屋』までいっしょに行ってもらいたいの」

多恵が口をはさみ、お房が持ち込んだ相談の内容を話した。

「それで、お房さんの話がほんとうかどうか確かめたいの。来てくれるかしら」

「もちろんです」

太助は弾んだ声で言う。

剣一郎や多恵の役に立つことがうれしいのだ。

「さあ、早く飯を食ってこい」

剣一郎は声をかけた。

翌日の夜、剣一郎は多恵と太助から話を聞いた。

「『白河屋』は浅草橋をしばらく行ったところにありました。間口三間（約五・四メートル）ほどのお店です。主人は好太郎さん、内儀さんはおゆうさんで間違いありませんでした。他に、番頭と手代がひとりずつ」

そう語りだした多恵の表情は微かに曇っていた。

「こちらの身分を明かし、番頭さんから話を伺ってきました。旗本坪井家に品物を納めており、おゆうさんが納品や集金のために坪井さまのお屋敷に赴いていることもほんとうでした。ただ、おゆうさんが坪井さまのお屋敷に行くときは、好太郎さんは不機嫌になると」

「不機嫌か。おゆうが坪井さまのお屋敷に行くことを快く思っていないのだな」

「そうだと思います。番頭さんが言うには、好太郎さんは普段はとても温厚なのに、坪井さまのお屋敷に出かけたあとは帰ってくるまで荒れていると」

「番頭はどう見ているのだ？」

「坪井さまはおゆうさんを事のほかお気に入りだと、声を潜めていました」

「旦那もそのことに気づいている様子か」

「番頭さんはそう思っているようで、そのことで、好太郎さんとおゆうさんが何度か言い合いをしており、おゆうさんはお屋敷で無体な要求をされたことはないと訴えていたそうです。番頭さんから見ても、お屋敷から戻ったおゆうさんの様子に格別変わったところはないので、おゆうさんの言うとおりだろうと」

「辱められている様子はまったくなかったのか」

剣一郎が眉を寄せたのは、おゆうの様子からだけでは実態はわからないからだ。

凌辱されたとしても亭主に心配をかけまいと平静を装っているか、もしくはおゆうも納得尽くだという場合もあろう。

「で、おゆうはいくら先方からの望みとはいえ、なぜ坪井さまのお屋敷に行くようになったのか」

「それは、お店のためだと」

「なるほど。坪井さまは得意客なのか」

「他のお屋敷にも出入り出来るように口をきいてくれているそうです。だから、好太郎さんも強引に行くのをやめさせられないのだと、番頭さんは言ってました」

「そうか」

もしかしたら、今は迫っている最中ということも考えられる。自分の言うことをきけば、お店をもっと大きく出来ると。

「好太郎さんとおゆうさんの仲がだんだんおかしくなっていくのが耐えられないと番頭さんは心を痛めていました」

多恵は言ってから、

「それで、おゆうさんに会ってみたのです」

と、口にした。

「よく会ってくれたな」

「正直に、お房さんから相談を受けたと言いました。ところが、お房さんという女のひとは知らないと言うんです」

「知らない？」

「はい。お琴の稽古でいっしょだったのではときくと、習っていたことはないと」

「なに、琴を習っていなかった？　では、お房は偽りを？」

剣一郎は訝った。

「はい。もしかしたら、番頭さんが手を回したのではないかと」

多恵は言う。

「番頭がお房を遣わしたと？」

多恵は頷き、

「告げ口をしたと思われたくないので、番頭さんが知り合いの女のひとに頼んだのではないでしょうか」

と、答えた。

「なるほど」

「で、改めておゆうさんに、お屋敷で無体な要求をされていることはないかと訊ねましたが、何ごともなく納品や集金して帰ってくると」

多恵は困惑した様子で、

「迫られて困っている様子はまったく感じられなかったのですが、ちょっと気になることが」

「気になること？」

多恵が親身になって好太郎とおゆうを助けたいと思っているのに、肝心のお房の素性がわからない。剣一郎は坪井がどんな人物なのか興味を持った。

「ええ、好太郎さんはおゆうさんが坪井さまのお屋敷に行くことを承知なさっているのですね、ときいたら、そうだと」

「好太郎も承知の上だというのだな」

「はい。でも、おゆうさんはそう言いますが、番頭さんの見方は違います。好太郎さんは苦しんでいるようですから」

「商売のことを考えて、好太郎が耐えているのかもしれぬな」

剣一郎は顔をしかめ、

「夫婦間の問題だから、どこまで口出ししていいものか」

と、呟(つぶや)いた。

『白河屋』の人間から一方的に話を聞いているだけで、坪井貞道からも事情を確かめなければ実際はどうかわからない。もっとも、聞いたとしてほんとうのことを語るかどうか。

「だが、このままでよいとは思えぬ。誤解を招くような真似(まね)は避けたほうがいいからな」

「やはり、好太郎さんからも話を聞いてみようかしら」

「うむ。好太郎が夫婦間の秘密を正直に話すかどうかはわからぬが……」

剣一郎は迷ったが、

「よし、わしが好太郎に会ってみよう」

と、口にした。

「おまえさまが？」

「男同士のほうがいいかもしれぬ」

「でも、本心を語るかどうかわかりません」

「あっしがもう少し頼りになれば、好太郎さんに会うんですが。独り身のあっしには夫婦間のことはさっぱり」

太助が口を入れた。

「いや、そうでもない」

剣一郎ははっと気がついて、

「誰が会っても、好太郎が最初から本音を晒すことはないだろう。ある程度気心が知れてからだ。太助はひとに好かれる。懐に入るのがうまい」

「確かに、好太郎さんのほうが年上だけど、太助さんなら」

多恵も相槌を打った。

「太助、うまく好太郎に近づいてくれ」

剣一郎は太助に言う。

「わかりました」

太助は応じた。

「ほんとうなら坪井さまに会うことが出来ればいいが、これは難しい。だが」

剣一郎はふと思いついて、

「坪井家の用人どのなら会うことが出来るかもしれない」

と、口にした。

年番方与力の宇野清左衛門に頼んでみようと思ったが、用向きに困った。適当な理由が見つからない。

「そうそう」

ふいに多恵が思いだしたように言う。

「私が番頭さんやおゆうさんに会っている間、太助さんは坪井さまのお屋敷を探していたのでしたね」

「はい。お屋敷に行ってみました。坪井さまのお屋敷は元鳥越町から三味線堀までの武家地の中にありました。隣がどこかの大名屋敷で、それと比べると小さいですが、それでも立派なお屋敷でした」

　太助は語り、

「近くの辻番所できいたのですが、坪井さまのお屋敷にはいろいろなひとたちが出入りをしているようです」

「いろいろなひとたちとは商人か」

「はい。商人だけでなく、役者や芸人も」

「ほう」

「それから幕閣（ばっかく）のお偉いさんの奥方もやってくることがあるとか」

「奥方？」

「はい。年に何度か庭の仮設の舞台に役者を呼んで、芝居見物を」

　なるほど、と剣一郎は思った。

　出世のために、有力者の奥方のご機嫌をとっているのか。

「しかし、かなりな散財であろうな。そんなに実入りはあるのか」

　剣一郎は疑問を持った。

　やはり、用人に会ってみたいと、剣一郎は思った。

## 二

晴れた日の朝、政五郎（まさごろう）は鳥越神社に参詣（さんけい）してから、同じ町内にある湯屋に行った。

石榴口（ざくろ）から湯舟に入ると、湯気でぼんやりしているが、すでに何人か先客がいた。

政五郎は熱い湯にさっと浸（つ）かり、脱衣場で着物を着たあと、二階の座敷には上がらず、湯屋を出て、長屋に帰る途中にある『千鳥庵（ちどりあん）』という蕎麦（そば）屋に寄る。これが、毎日の日課だった。

暖簾（のれん）は群れになって飛ぶ千鳥の文様。入って右手が縁台、左手が小上がりで、十人も入れば一杯である。

「いらっしゃい」

女将（おかみ）のお清（きよ）が笑顔で迎えた。丸顔で愛嬌（あいきょう）があり、客あしらいがうまい。

政五郎は小上がりの奥のいつもの場所に腰を下ろす。

「酒を頼む」

「はい。おつまみもいつものでﾟ」

「ああ」

　お清は去っていった。

　政五郎は鳶の頭だったが、三年前の五十歳のときに、倅に代を譲り、隠居した。

　江戸っ子は風呂好きだが、無類の蕎麦好きでもある。政五郎もまさにそのひとりだ。

　この『千鳥庵』が開店したのが三年前。若夫婦と手伝いの年寄りの三人でやっている店だ。

　屋号の由来について、お清にきいたことがある。

「夫婦ではじめたお店ですから、最初は『夫婦庵』にしようと思ったんですけど、それじゃ屋号らしくないので。暖簾の千鳥柄には夫婦円満、家内安全の願いが込められているんです」

　お清は恥じらいながら言う。

　仲むつまじい夫婦を眺めながら、政五郎は猪口を傾ける。

　この店が流行っているのは夫婦の人柄も大きいが、やはり蕎麦の味がいいからだ。

主人の磯吉は二十八歳。神田にある有名な蕎麦屋で十五歳から五年過ごしたが、兄弟子の職人ともめて追い出された。それから信州の各地を旅したという。戸隠神社や善光寺などの門前には蕎麦屋が軒を並べていた。磯吉はそこで修業した。

江戸に帰った磯吉は夜に屋台で蕎麦を売った。いわゆる夜鷹蕎麦屋であったが、かなりうまいという評判で、繁盛した。そんなときに、お清と出会い、金を貯めてここ元鳥越町にお店を開いたという。

夫婦仲のよさから『千鳥庵』と名づけたが、庵の由来について、お清が語った。

「浅草称往院の塔頭である道光庵の庵主が信州の出の蕎麦打ちの名手で、参詣客に振る舞った蕎麦が評判になり、境内で商売をはじめたそうです。それから、蕎麦屋は道光庵にあやかろうと屋号に庵を用いるようになったんです。うちもそうです」

政五郎が板わさをつまみに、ちびりちびりと酒を呑んでいると、ふたり連れの客が入ってきた。いずれも羽織姿の五十過ぎの男だ。ひとりは細長い顔に鷲鼻、もうひとりはでっぷり肥(ふと)っている。

ふたりは政五郎のはす交(か)いに向かい合って座った。

お清がやってくると、

「蒸籠(せいろ)を頼む」

と、いきなり蕎麦を注文した。

昼には少し早い。それほど空腹なのかと思った。

きっと評判を聞いて、食べにきたに違いない。そんなことを思いながら、政五郎は酒を口にしていた。

政五郎は鳶の親方として、普段は足場工事や溝(どぶ)さらいなどをしてきたが、ひとたび火事が発生すれば、町火消し『ほ組』の頭取として火事現場に出向いた。小(ぼ)火(や)程度で済んだものもあれば、辺り一帯を燃やし尽くした大火事も何度も経験した。

引退して三年、政五郎はときたまあの厳しい現場が恋しくなることがある。そのたびに隠居は早まったかと思うこともあるが、こうして朝湯のあとに蕎麦屋で酒を呑むことにも心地好さを味わっていた。

やがて、お清がふたりの客の前に蒸籠を運んできた。

政五郎はお清に酒の追加を頼んだ。

肥った男が箸で蕎麦をつまみ、蕎麦汁につけて一口すすった。

「どうだえ」

細長い顔の男がきいた。

「うむ。確かに」

一口食べただけで、肥った男が応じた。

「そうだろう」

細長い顔の男も一口すすった。そして、頷きながら二口目を食べた。

ふたりは黙々と食べていた。

食べ終えたあと、ふたりはお清を呼び、

「蕎麦、美味しかった。汁も出汁がきいていて、うまい」

と、褒めた。

「ありがとうございます」

お清が礼を言う。

「ご亭主が蕎麦を打っているのかね」

「はい」

「すまないが、ご亭主を呼んでくれないか。あっ、手が空いたときでいいから」

「わかりました」

そんなやりとりを耳にしながら、政五郎は酒を注ぎ、口に運ぶ。

磯吉がやってきた。

「蕎麦、うまかった」

細長い顔の男が言う。

「ありがとうございます」

「どこで修業したんだね」

「最初は神田の蕎麦屋に奉公していたのですが、そこを辞めてから信州に行きました。そこで各地をまわり……」

磯吉は語った。

「十五年ほど前まで、芝の露月町に『更級庵』という蕎麦屋があったんだが、知らないか」

「いえ、存じません」

「神田の蕎麦屋にいたころ、名前も耳にしたことはないかね」

「へえ、十五年前というと私は十三ですから」

磯吉は答え、

「『更級庵』が何か」

と、きいた。

「いや、いいんだ。呼びつけてすまなかった」

「そうですか」

磯吉は板場に戻った。

政五郎は今のやりとりを聞いていて、何かに引っ掛かりを覚えた。だが、その何かが思いつかない。

ふたりの客は帰って行った。

徳利（とっくり）が空（から）になって、政五郎はお清を呼んだ。

「今の客、誰なんだえ」

「いえ、知りません。ただ、細長い顔のお客さんは以前に一度お見えになったような気がします」

「そうだろうな。細長い顔の男が肥った男を誘ってきたようだった」

政五郎はふたりの会話を思いだしていた。

「ふたりとも、べた褒めだったな」

「はい、ありがたいことです」

「じゃあ、こっちも蒸籠を頼む」

「はい」

お清は板場に向かって蒸籠の注文を入れた。

磯吉は前日に打っていた蕎麦を蕎麦切り庖丁(ぼうちょう)で切り、茹(ゆ)でてから蒸籠に盛る。鰹節(かつおぶし)や煮干しなどを煮出した出汁に、濃口醤油(しょうゆ)を合わせた蕎麦汁を添えてだす。

蒸籠が運ばれてきた。

「どうぞ」

お清が声をかけた。

「ああ、いただくぜ」

政五郎は蕎麦を箸でつまみ、蕎麦汁を少しつけて口に運んだ。

はじめてここの蕎麦を一口食べたとき、思わず眉を寄せた。自分好みの味ではないと思ったのだ。がっかりしながら二口目を口にしたとき、おやっと思った。今まで味わったことのないうま味が感じられた。あとは夢中で食べた。

二口目から、最初の一口のときに感じた味気なさは感じなくなった。

そういえば、さっきのふたりも最初の一口を気にしていたようだ。十五年ほど前まで露月町に『更級庵』という蕎麦屋があったのを知っているかとかきいていたが……。

政五郎は勘定を払い、『千鳥庵』を出た。

隠居したあと、政五郎は妻女のおたまとともに、元鳥越町の二階長屋に引っ越しをし、夫婦ふたりで住んでいる。隠居したら、一切鳶の仕事に口出しをしないと決めてここに越してきたのだ。

翌日、政五郎は芝の増上寺に参詣した帰り、『め組』の棟梁文蔵の家を訪ねた。

土間の端に龍吐水、反対側の壁に鳶口が並び、梯子や大槌などが置いてある。

「久しぶりだな」

文蔵は太い眉尻を下げた。

「さあ、上がって下さい」

内庭に面した部屋に招じられた。

「暖かくなってきたので遠出をしたくなった」

政五郎は内庭に目を向けて言う。まだ、梅が芽ぶくには早い。

「いい身分ですね。でも、退屈ではないんですか」

文蔵は煙草盆を差し出して言う。

「そう思うときもあるが、好きなことが出来るので楽しい。まだ、隠居はしないのか」

政五郎は煙草入れを出した。

「体が動くうちはやるつもりです。まだまだ若い者には負けられないですから。今、酒の支度をさせます」

「いや、すぐ引き上げる」

「来たばかりではないですか」

「顔を見たくて寄っただけだ。呑んだら長居しちまう。茶をもらおう」

政五郎は遠慮して茶をいれてもらった。

昔話をしてから、

「ちょっときくが、十五年ほど前まで露月町に『更級庵』という蕎麦屋があったのか」

と、きいた。

文蔵は表情を変えた。

「どうして『更級庵』のことを？」

「小耳に挟んだだけだ」

政五郎は気になって、

「『更級庵』がどうかしたのか」

と、きいた。

「『更級庵』は気のいい亭主と美人の内儀さんの夫婦ふたりでやっている蕎麦屋でした。病みつきになる味わいで常連客もつき、繁盛していました」

『千鳥庵』と同じだ。

「夫婦の年齢は？」

「亭主は三十四、五、内儀さんは二十七、八歳でした」

「十五年前に店をやめたのか」

政五郎はきいた。

「いや」

文蔵は首を横に振り、

「夫婦は殺されたんです」

「殺された？」

「冬の日の朝でした。四つ（午前十時）になっても店の戸が閉まったままなのを不審に思った近所の者が訪れて、家の中で斬殺されていたふたりを見つけたのです」

「刀で斬られていたのか」

「そうです。殺ったのは侍です」

「何があったんだ？」

「その侍は内儀さんに懸想していたそうです。だが、相手にされなかった。その意趣返しではないかという見方があって、奉行所はその侍に目をつけていたのですが、十日後に腹を切りました」

「なんと」

「朋輩にそれとなく罪を認めていたようです」

文蔵は顔をしかめて言う。

「そんなことがあったのか」

政五郎はやりきれないように言ったが、なぜ、あのふたりが『更級庵』のことをきいたのか、わかったような気がした。

『千鳥庵』も『更級庵』と同様に若夫婦でやっている店だ。

昔、同じような店があったと言いたかったのだろうか。

「その侍というのはどこの誰だったんだね」

政五郎はきいた。

「旗本真崎源吾さまの奉公人です。名は覚えていません」

文蔵は沈んだ様子で言う。

「その奉公人は『更級庵』には頻繁に顔を出していました。蕎麦より内儀さんが目当てだったようで、亭主の目の前で言い寄っていました。でも、内儀さんは拒んでいました。そのことで逆恨みをして夫婦を殺したのでしょう」

「ところで、五十過ぎのふたり連れで、ひとりは細長い顔に鷲鼻、もうひとりはでっぷり肥っている男を知らないか」

政五郎はきいた。

「それだけではわかりませんね。誰ですか、それは?」

「『更級庵』のことをよく知ってそうだったから、当時のお店の常連じゃないかと思う。だったら、芝に住んでいたかもしれねえ。ひょっとして見かけたことがあったのではないかと思ってな」

「いくら常連と言っても、大勢いましたから」

文蔵は首を傾げた。

「そうだな。いや、いい。すまなかった」

「そのふたりがどうかしたのですか」

文蔵がきいた。

「いや、なんでもない。そうだ、今度うちに遊びにこないか。近所にうまい蕎麦屋が出来たんだ」

「ほう、そんなにうまいのですか」

「うまい。蕎麦にうるさいおまえさんの舌も納得するはずだ」

「そう言われると、たまりませんね」

文蔵は舌なめずりをした。

「それに若夫婦ふたりでやっている」

「ほう、『更級庵』みたいですね。よし、近いうちに行きます」

「待っている」

政五郎は鳶の者に見送られて、文蔵の家を辞去した。

芝から東海道を下り、日本橋本石町（にほんばしほんごくちょう）三丁目の角を右に折れ、小伝馬町（こでんまちょう）、馬喰町（ばくろちょう）を経て、浅草御門を抜けた。

浅草橋を渡り、茅町一丁目に入る。小間物屋『白河屋』の前を通り掛かったとき、主人の好太郎が二十五、六歳の男といっしょに店から出てきた。

好太郎が笑いながら、男を見送った。

政五郎はその男とすれ違った。細身で、きりりとした顔だちだ。肩から荷を提げている。

男を見送った好太郎は政五郎に気づいて、

「これは頭取」

と、挨拶してきた。

「もう頭取じゃねえ」

政五郎は苦笑する。

「すみません。つい口癖で。どこかにお出かけで?」

「芝だ」

「芝ですか。それはご苦労さまで」

「『め組』の頭取のところだ。ところで、今話していたのは何者だい。布みたいなのを持っていたが?」

「太助さんと言って、猫の蚤取りやいなくなった猫を捜す仕事をしているひとです。うちは猫を飼っていませんが、迷い猫が庭に入り込んだかもしれないので調べさせてもらいたいと」

「猫はいたのか」

「いえ、いませんでした」

「そうか。猫の蚤取りか。うちにも猫がいるから頼んでみるか」

好太郎に別れを告げ、政五郎は鳥越橋を渡って、元鳥越町のほうに折れた。

三

朝、南町奉行所に出仕した剣一郎は宇野清左衛門から呼ばれて、おそらく旗本坪井貞道のことだろうと思いながら年番方与力の部屋に赴いた。

「宇野さま」

剣一郎は文机(ふづくえ)に向かっている清左衛門に声をかけた。

書類を閉じ、清左衛門は体を向けた。

「昨日、頼まれた件だ」

「申し訳ありません。よけいなお願いごとをして」

剣一郎は謝った。坪井貞道の人柄について調べてほしいと頼み、さらに坪井家の用人に会えないかと申し入れをしていたのだ。

奉行所の一切を実質仕切っている清左衛門は、諸大名や旗本の名前、石高などが記されている武鑑を諳んじている。だが、人柄や性格などはわからないので、懇意にしている旗本に確認してくれるということだった。

「坪井貞道どのがどのようなお方かきいてみた」

清左衛門は口を開いた。

「坪井家は千五百石。坪井さまは四十一歳、なかなかの遣り手だそうだ。坪井さまは十五年前に一千石の坪井家に婿養子に入った。十年前に家督を継いだあと、五百石も増やした。現在西丸目付だが、本人は勘定奉行を目指しているらしい」

「勘定奉行ですか」

剣一郎は呟き、

「人柄などは?」

と、きいた。

「遣り手だけに傲岸なようだ」

「女子のほうはいかがでしょうか」

「女子？」

「女子に関する話はありませんでしたか」

「そこまでは話してはもらえなかったが、側室はいないようだ」

「そうですか」

剣一郎は頷き、

「用人どのに会うことは出来ましょうか」

と、確かめる。

「警戒しているのか、用向きをきいてきた。それによるということだが、なにか拒んでいるように思える」

「そうですか」

剣一郎は落胆した。

「茅町一丁目にある『白河屋』という小間物屋の内儀に関わることだそうだの」

清左衛門はきいた。

「はい。お房という女子が多恵に相談にきました。お房の話がほんとうかどうか、多恵が確かめてきましたが、あくまでも一方の言い分。ほんとうなら坪井さまからもお話をお聞きしたいところですが、このようなことで坪井さまにお会いすることは叶いますまい。そこで、用人どのにと思ったのですが」

「いや、この理由では会ってくれまい」

「そうでしょうね」

「しかし、それが事実なら由々しきことではあるな。かといって、坪井さまをたしなめ、『白河屋』の内儀を諦めさせようとしても難しかろう」

清左衛門は表情を暗くした。

「権力を持つものがそれを笠に着て思いを遂げようとする。断じて見逃すわけにはいきません」

剣一郎は言い切った。

その夜、八丁堀の屋敷で、剣一郎は多恵といっしょに太助から話を聞いた。

「昨日、好太郎さんと別れたあと、五十年配の方と好太郎さんが親しげに話していたのを見たんです。それで、そのお方のあとをこっそりつけました」

太助は続ける。

「そのお方は元鳥越町にある二階長屋に入っていきました。近所のひとにきいたら、『ほ組』の元鳶の親方で政五郎さんと仰るそうで、会ってきました」

「政五郎か」

剣一郎は懐かしそうに目を細めた。

「あっしが青柳さまの手伝いをしていると言ったら、うれしそうな顔をしていました」

「うむ。火事場だけでなく、見廻りのときにもよく会った」

風烈廻り与力である剣一郎は、強風の日には配下の同心の礒島源太郎と大信田新吾とともに見廻りに出ている。

失火や不穏な人間の動きを察知して付け火などを防ぐためだが、とくに風の烈しい日は剣一郎もいっしょに見廻りに加わることにしていた。

そういう風の強い日は火消しの連中も見廻りに出ているのだ。

堂々とした体格に頭取袢纏を着て、鳶の者を引き連れて見廻りをしている政五郎の姿を思いだしながら、剣一郎は太助の話に耳を傾けた。

「おかみさんが『白河屋』で櫛や白粉などを買うようになってから、政五郎さんも好太郎さんと知り合い、商売のことなどで相談を受けるようになったそうです」

「うむ。政五郎は面倒見のよい男だからな」

「それで、単刀直入に坪井さまと『白河屋』のおゆうさんのことをききました。すると、確かに坪井さまの悪い噂を聞いているそうです」

「悪い噂？」

「去年、坪井さまのお屋敷で女中が手討ちに遭ったそうです」

「何があったのだ？」

剣一郎は思わず顔をしかめた。

「奉公人同士が情を通じることは禁じられているのに、奉公人の男と密通したそうです。法度を破ったことで手討ちに」

「では、相手もいっしょに」

「そのようです。それより、政五郎さんは出入りの商人から、坪井さまがその女中に手をつけていたようだと聞いたと。つまり、自分が手をつけた女中が奉公人と情を通じたので、かっとなって殺したのではないかと」

「噂か」

「はい。事実かどうかわからないようですが、政五郎さんは噂を信じているようでした。というのも、坪井さまはかなりの好色漢だという話です」

　太助は息継ぎをし、

「だからといって、坪井さまがおゆうさんに下心があるかどうかはわかりませんが、好太郎さんは坪井さまの性癖を聞いているので心配しているのだろうと話していました。でも、おゆうさんはしっかり者だから、心配はいらないと……」

　太助の声が小さくなった。

「どうした？」

「ええ。政五郎さんはむしろ好太郎さんのほうを気にしていました」

「どういうことだ？」

「もしかしたら、好太郎さんは坪井さまが好色なことを承知して、おゆうさんをお屋敷に行かせているのではないかと」

「商売に利用していると？」

「はい。政五郎さんはそのように心配していました。好太郎さんは店を大きくしたいという野心があるからだと」

「なるほど。そういう野心のもとでおゆうを坪井さまの屋敷に行かせながら、好太郎はおゆうの身に何か起きないか、気が気ではないということだな」

「はい。政五郎さんはそう思っているようです」

「でも、自分の女房をそのために差し出すでしょうか。女房よりお店のほうが大事だなんて」

多恵が疑問をはさんだ。

「そこに好太郎の葛藤があるのかもしれぬな」

「おゆうさんも好太郎さんの思いを受け入れて、進んでお屋敷に出かけているのかもしれないわ」

「お互いが同じ思いということか」

剣一郎は思わず顔をしかめた。

「ええ。私もおゆうさんと話していて、覚悟のようなものを感じました」

「しかし」

剣一郎は呟くように、

「それで夫婦と言えるか。仮にそのようなことで商売が順調にいっても、ふたりが失うものは大きいのではないか」

と、懸念を口にした。

「好太郎は自分の女房が他の男に辱められたことをいつまでも引きずり、おゆうもまた亭主以外の男に身を任せたことが負い目になって……。それを乗り越えていくことが出来るか」

　剣一郎は表情を曇らせたまま、

「ことが思いどおりに運び、店が大きく発展した暁（あかつき）には、男は妾（めかけ）を持つようになる。そういう男を、わしは何人も見てきた。かつて女房が他の男に身を任せたという事実があれば、妾を持つ罪悪感も薄いであろう」

「そうですね。もし、私たちが考えているような気持ちがふたりにあるとしたら、決して正しいとはいえませんね。でも、夫婦間の問題に他人が口出しも出来ませんし。といっても、相談をされたからにはなんとかしてあげないと」

　多恵は困惑しながら、

「おゆうさんにもう一度会い、本音を聞きだしてみます」

と、ため息をついた。

「それがいい」

「そうそう、お房さんのことですが、番頭さんにきいてみたところ知らないと言うんです。てっきり、番頭さんの仕業かと思ったのですが」

多恵は首を傾げた。

「妙だな。いったい誰が……」

事情を知っている者がお房を遣わしたはずだ。だが『白河屋』の周辺の人物ではない。まさか、坪井家のほうから……。

「太助。明日、政五郎に会いに行く。案内を頼む」

「へい」

太助は元気よく答えた。

翌日の四つ（午前十時）ごろ、剣一郎は太助とともに元鳥越町にある二階長屋に住む政五郎を訪ねた。

出てきたのは政五郎のかみさんだった。

「これは青柳さま」

かみさんは驚いたように、

「まさか、青柳さまがいらっしゃるなんて」

と、しきりに頭を下げた。

「久しぶりだ」

「はい。うちのひとがまだ頭取を張っているころでしたから、三年よりもっと……」

かみさんは言ってから、

「青柳さま。うちのひとでしたら今出かけております」

「そうか。いつごろ戻るか」

「じつは朝湯から蕎麦屋に」

「朝湯から蕎麦屋？」

「はい。朝湯のあと、蕎麦屋で半刻（一時間）ほど過ごすのが日課になっています。とても美味しい蕎麦らしく、すっかり気に入って」

「そうか。では、今頃は蕎麦屋か」

「はい」

「よし、行ってみよう。なんという店だ？」

「『千鳥庵』です」

場所を聞いて、剣一郎と太助は土間を出た。

『千鳥庵』はすぐわかった。

千鳥柄の暖簾をかきわけて店に入る。

左手の小上がりに、政五郎が座っていた。

「政五郎さん」

太助が声をかけた。

猪口を持ったまま、政五郎が顔を向けた。

「太助さんじゃないか。あっ、青柳さま」

政五郎を目を見開いた。

「いいか」

剣一郎は腰から刀を外した。

「どうぞ、どうぞ」

政五郎の前に、太助と並んで座った。

「おかみさんから聞いてきた。うまい蕎麦だというので、わしも味わってみようと思ってここまで来てしまった」

「ええ、ぜひ、食べてみてください。私も蕎麦にしようと思っていたところなんです」

政五郎は猪口の酒を喉(のど)に流し込んでから、

「すまねえ。蒸籠を三つだ」

と、若女将らしい女に頼んだ。

「はい」

若女将らしい女は板場に向かった。

「ここは、気立てがよく、仲のいい若夫婦がやっているんです。それだけでも応援したくなりますが、なにより蕎麦がうまいんです」

「味にうるさい政五郎が言うんだから、ほんものだな」

剣一郎は微笑む。

「太助さんのおかげで青柳さまと再会出来た。礼を言うぜ」

政五郎は太助に顔を向けた。

「いえ」

太助は頭を下げた。

「太助はわしの手足のように働いてくれている」

「そうですかえ」

政五郎は目を細め、

「青柳さま、こんないい手先がいて恵まれていますぜ」

と、太助を讃(たた)えた。

「うむ。手先というより相棒といったところか」

「もったいない」

太助が恐縮した。

「いや、ほんとうにそのとおり」

政五郎は上機嫌に言い、

「『白河屋』の主人夫婦のことでいろいろとお調べに?」

と、きいた。

「多恵が相談を受けたことがきっかけでな」

「多恵さまに。あの若夫婦のことまでお気にかけていただき、ありがたいことで。私も何かわかったらお知らせにあがります」

「坪井さまのお屋敷で、女中が手討ちに遭ったそうだが、その女中の名と実家を教えてもらいたいのだ」

「へえ」

そこに若女将らしい女が蒸籠を運んできた。

「では、いただこうか」

剣一郎は箸を持ち、蕎麦をつまみ、蕎麦汁をすこしつけて口に運びすすった。味気ない食感だったが、二口目をすすると蕎麦のなめらかな舌触りが汁と相まって絶妙な味が口の中に広がった。

剣一郎は最後は汁をたっぷりつけてすすった。

「うむ。うまかった」

剣一郎は顔を上げた。

政五郎が満足そうに頷く。

「最初口にしたときと、二口目以降の味がまったく違った」

剣一郎は感嘆して言う。

「ほんとうにそうです。ただのお蕎麦かと思ったら……」

太助も評した。

「そうでしょう」

政五郎はうれしそうに、

「他じゃ味わえませんぜ。すっかり病み付きになり、朝湯の帰りはここで酒を呑み、蕎麦で締める。これが私の至福のときです」

そう言ったあと、

「お清さん」

と、政五郎は声をかけた。

お清と呼ばれた若女将が蕎麦湯を持ってきた。

「青柳さまがうまいと称賛していた」

政五郎が言う。

「誠に美味しかった」

「ありがとうございます」

お清は頭を下げた。

「仲むつまじい雌雄の千鳥の様子から、夫婦円満、家内安全の願いを込めて、屋号を『千鳥庵』としたそうです。まさに、そのとおりの仲良し夫婦です」

蕎麦湯を呑みながら、政五郎は説明した。

剣一郎が蕎麦湯を呑み終えるのを待って、

「青柳さま。お手討ちに遭った女中はお久と言い、田原町にある鼻緒問屋『田島屋』の娘です」

と、政五郎が教えた。

「『田島屋』のお久だな。政五郎、おかげでうまい蕎麦を食えた」

剣一郎は腰を上げた。

「太助、勘定を」

剣一郎は財布を出して太助に預けた。

「青柳さま。ここは私が」

あわてて、政五郎が言う。

「それはいかん」

すでに太助はお清のもとに向かっていた。

「では、先に引き上げる」

剣一郎が土間に立つと、三十ぐらいの男とお清が出てきて会釈をした。男は磯吉という亭主だろう。

剣一郎はふたりに顔を向け、美味しかったともう一度讃えた。

そのとき、ふたりの背後の板場から五十近いと思える男がこっちを見ているのに気づいた。

手伝いの年寄りだろうと剣一郎は思った。

磯吉とお清に見送られて、剣一郎と太助は店を出た。

四

新堀川沿いを北に向かい、寺町通りに出ると、菊屋橋を渡り東本願寺の門前を抜けて田原町にやってきた。

町の中ほどで、鼻緒問屋『田島屋』の屋根看板が目に入った。

剣一郎は広い間口の店先に立った。番頭らしい男があわてて近づいてきた。

「青柳さまでは」

「うむ。主人に会いたい」

「少々お待ちを」

番頭は奥に行った。

しばらくして、番頭が戻ってきた。

「どうぞ、こちらに」

番頭は剣一郎と太助を店座敷の横にある小部屋に招じた。商談に使う部屋だ。

すぐに、恰幅のよい男がやってきた。

「主人の勘兵衛にございます」

眠そうな細い目のせいか、何かつかみ所のない感じがした。

「じつは小耳にはさんだのだが」

と、剣一郎は用件を切り出した。

「旗本坪井貞道さまのお屋敷に女中奉公をしていた娘御が手討ちに遭ったそうだが、その話を詳しく教えてもらいたい」

「青柳さま。今になって、なぜそのようなことを……」

「手討ちに遭ったのはそなたの娘御ではないのか」

平静な勘兵衛に不審をもって、剣一郎は確かめた。

「……いえ」

返答まで間（ま）があった。

「違うのか」

「はい」

「どういうことだ？」

「何かこのことが問題に？」

勘兵衛の細い目が鈍く光った。

「いや、坪井さまの屋敷内でのことに立ち入るのは難しい。ただ、手討ちに遭ったのは町人の娘だ。何があったのかだけは知りたい」

「ですから、なぜ今になってでしょうか。事件は半年も前のことです」

勘兵衛は言い返す。

「最近、知ったからだ」

「………」

「何か、話せない事情でもあるのか」

剣一郎は鋭くきく。

「滅相もない」

勘兵衛はあわてて首を横に振る。

「もう一度きく。手討ちに遭ったお久はそなたの娘御ではないのか」

「はい」

「どこの娘だ?」

「じつは、こちらに出入りをしている鼻緒職人の作蔵（さくぞう）という男の娘です。お久に武家奉公させたいという父親の願いをきき、私どもの養女ということにして坪井さまのお屋敷に……」

「そなたは坪井さまと懇意にしているのか」

「はい。長年、出入りをさせていただいています。お久の話をしたところ、快く奉公を許してくださいまして……」

「それで、そなたの養女ということにしたのか。なぜだ？」

「はっ？」

「鼻緒職人の娘のままで、なぜ奉公に上がれぬのだ？」

「お殿さま付きの女中ゆえ、まず身元がしっかりした者という希望がございまして。それに、他のお女中衆も、それぞれ実家がちゃんとしています。お久が肩身の狭い思いをしないように、私どもの養女ということにしたのでございます」

「つまり、そなたが身元を保証していると？」

「そういうことになります」

勘兵衛は頷く。

「で、お久に何があったのだ？」

「はい。奉公をはじめてしばらくしてから、お久は家来のひとりと密通を重ねるようになり、屋敷内で噂に。そのことで、お手討ちにされたのです」

「相手の家来はなんという名だ？」

「聞いていません」

勘兵衛は首を横に振る。

「その家来もいっしょに手討ちになったのだな」

「……そう聞いています」

返答まで間があった。

「誰からそのことを聞いたのだ？」

「用人さまです」

勘兵衛はなんとなく歯切れが悪くなった。

「鼻緒職人の作蔵の住まいは？」

「阿部川町（あべかわちょう）のいろは長屋です」

勘兵衛は告げて、

「作蔵のところに行くのですか？」

と、厳しい顔できいた。

「いちおう話を聞いてくる」

「なぜでしょうか」

「なぜ？」

剣一郎は不思議そうに、

「まるで、わしがこの件を調べることが迷惑なようだが」

と、切り返した。

「そうではございません。なにしろ、半年も前のことを今さら蒸し返す必要があるのかと思ったものですから」

「そなたは坪井さまとは懇意ということだが、いつからの付き合いだ？」

「十年前からです」

「坪井さまは十五年前に婿養子になったそうだな。十年前というと、家督を継いだときからか」

「はい」

勘兵衛は細い目をさらに細めて、剣一郎の顔色を警戒するように見る。

「つまり、『田島屋』が坪井家に出入りをするようになったのは、坪井さまの代になってからということになるな」

「…………」

勘兵衛は無言で曖昧(あいまい)に頷く。

「坪井さまはどういうお方だ」

剣一郎はきいた。

「頼りがいのある豪気なお方です」

「女子に対してはいかがか」

「女子?」

勘兵衛の顔色が変わった。

「言いづらいかもしれぬが、どうだ?」

「取り立てて言うようなことはありませんが」

「そうか」

剣一郎は冷ややかに勘兵衛の顔を見つめ、

「お久は殿さまの手がついたという噂があるそうだが?」

と、口にした。

「とんでもない」

勘兵衛はむきになって、

「そんなことはありません」

と、否定した。

「どうしてわかるのだ?」

「坪井さまのお人柄を存じ上げていますゆえ」

「そこまで親しい間柄という意味か」

「まあ、長いお付き合いですので」

勘兵衛は暑くもないのに汗をかいていた。

「ところで、話は戻るが、お久を養女にして坪井家に奉公に出したということだが、お久以外にも同じように奉公に出した女子がいるのか」

「………」

「どうした？」

「いえ、なんでも」

そのとき、襖の向こうから低い声がした。

「旦那さま」

「ちょっと失礼いたします」

勘兵衛は救われたような顔で立ち上がって襖のそばに行った。

「何か」

襖を開けた。

番頭の顔が見えた。ふたりはぼそぼそ話している。

すぐに番頭は下がった。

勘兵衛は元の場所に戻ってきた。

「青柳さま。大事な用事を忘れておりました。どうか、今日のところは」

「いや、構わぬ。忙しいところを悪かった」

剣一郎は話を切り上げた。

「申し訳ございません」

勘兵衛はほっとしたように言う。

お久以外にも同じように奉公に出した女子がいるのかという問いかけに、返事をもらう必要はなかった。勘兵衛の狼狽が、事実だと物語っている。

「邪魔をした」

剣一郎は太助を促して立ち上がった。


ふたりは田原町から阿部川町に向かった。

再び、菊屋橋を渡ってすぐ左に折れた。

阿部川町のいろは長屋はすぐにわかった。

長屋木戸を入り、左右の腰高障子を見ながら奥に向かうと、途中で鼻緒の絵柄が描かれた障子が目に入った。

「ここです」

　太助が戸を開けて、

「ごめんくださいな」

　と、呼びかけた。

「鼻緒職人の作蔵さんの住まいでよろしいでしょうか」

「誰だね」

　奥から男の声がした。

「南町奉行所の青柳さまがぜひ話を聞きたいと」

　太助が土間に入って告げている。

「青柳さまが」

　男の声の調子が変わった。

「よろしいですか」

「へえ、どうぞ」

　戸口でその声を聞いて、剣一郎は土間に入った。

　部屋では布地に囲まれて作蔵とかみさんがいた。作蔵は木槌(きづち)を手にしていた。かみさんが鼻緒を編み、作蔵が木槌で鼻緒をならしているのだろう。

「仕事を中断させてしまったか」

剣一郎は気にした。

「いえ、ひと休みしようと思っていたところです」

作蔵は言い、上がり框(かまち)まで広がっていた布をかき寄せ、場所を空けた。

「どうぞ」

作蔵が勧める。

剣一郎は腰から刀を外し、上がり框に腰を下ろした。

「いったい、青柳さまがどんなことで?」

かみさんが不安そうな顔できいてきた。

「お久の件だ」

「お久の……」

作蔵が目を剝(む)いた。

「今、『田島屋』の勘兵衛から話を聞いてきたところだ」

「さいで」

作蔵は表情を曇らせた。

「お久はそなたたちの娘だそうだが」

「はい。『田島屋』の旦那に言われ、養女にしてもらって坪井さまのお屋敷に奉公に」

作蔵は無念そうな顔で、

「奉公に上がったばかりに、あんなことになって」

と、呻くように言った。

「何があったと聞かされたのか」

「お久がご家来のひとりと密通したため、手討ちにされたと」

「お久はそんな娘ではありません。何かの間違いです」

かみさんが訴えた。

「なぜ、そう言い切れるのだ？」

「お久には言い交わした相手がいたんです」

「言い交わした相手？」

剣一郎は聞きとがめた。

「はい。同じ長屋にいた弥吉さんです」

「同じ長屋にいた？　今はいないのか」

「はい。お久があんなことになって、長屋を引き払ってしまいました」

「ここにいると辛いからと言ってました。弥吉さんは歳は二十一で、野菜を売り歩く棒手振りをして、いつかお久と店を持つのだと頑張っていました。ほんとうに真面目で、やさしくて……。弥吉さんはほんとうにお久のことが好きだったんです。もちろん、お久も。だから、お久がご家来のひとりと密通したなんて考えられないのです」

かみさんは涙ぐんで言う。

「何があったと思っているのだ?」

「それは……」

作蔵もかみさんも言いよどんだ。

「どうした?」

「勝手な考えでしかありませんので」

作蔵は口にすることを躊躇した。

「それでもいい。思っていることを話してみよ」

剣一郎は促した。

「はい」

「なぜだ?」

作蔵はかみさんと顔を見合わせて、

「お久は殿さまに……」

と、口にした。

「無体なことをされたと？」

「殿さまに迫られたのを撥ねつけたのです。それで、怒った殿さまがお久を……」

作蔵は声を震わせた。

「証がなくとも、そう思う何かはあるのか」

剣一郎は確かめる。

「はい。『田島屋』の旦那です」

「勘兵衛がどうかしたのか」

「お久を一年だけでもいいから、坪井さまのお屋敷に奉公させろと」

「奉公は、そなたの望みだったのではないのか」

「違います。『田島屋』の旦那に言われて」

作蔵は悔しそうに言う。

「お久は素直に承知したのか」

「いえ、いやがっていました。弥吉と会えなくなるのですから」

「なぜ、断らなかった？」

「『田島屋』さんから仕事をいただいています。簡単には断れませんでした。断ったら、仕事をまわさないと脅されて。それに、一年ではなく半年でいいからと言うので、お久にも納得させて……」

作蔵は息継ぎをし、

「半年後、お久は冷たくなって帰ってきました。『田島屋』の旦那はお久が密通したと言い、お久を悪者に」

「そうか」

「弥吉は『田島屋』の旦那に、坪井さまから直に話を聞きたいと訴えたのですが、相手にされませんでした」

「勘兵衛はなぜ、お久を奉公に出そうとしたのか」

剣一郎は作蔵の考えを確かめようとした。

「わかりません。ただ、弥吉は……」

「弥吉はなんと？」

「坪井の殿さまに差し出すためだと怒っていました」

「弥吉がそう言っていたのか」

「はい、お久のためだと旦那は言っていたが、嘘っぱちだと」

「弥吉も、お久が坪井さまを拒んだために手討ちに遭ったと思っているのだな」

「そうです」

「弥吉が長屋を出たのはいつだ？」

「三月（みつき）前です」

「今、どこにいるのかわからないか」

「わかりません」

作蔵は首を横に振ってから、

「青柳さま」

と、縋（すが）るような目を向けて、

「ほんとうのことを知りたいんです。そうじゃなければ、私どもは納得出来ません。お願いです。調べていただけませんか」

「わかった。調べてみよう」

剣一郎は約束をした。

「青柳さま」

かみさんが身を乗り出し、

「それから弥吉さんが心配なんです。何かしでかすんじゃないかと」

と、訴えた。

「何をしでかすと思うのだ?」

「……ええ」

「何だ?」

「それは……」

かみさんは言いよどんだ。

「はっきり言うのだ」

「青柳さま」

作蔵が厳しい表情で、

「弥吉は殿さまに復讐を……」

「復讐……」

剣一郎は呟き、

「弥吉にそんな様子があったのか」

「はっきり言ったわけではありませんが」

作蔵は思いだすように目を細め、

「最後に会った日、弥吉は長い間、お久の位牌に手を合わせてから、このままではいられないと言ってました」

そう言って部屋の奥に目を向ける。そこには白木の位牌が置かれてあった。

「そうか」

「殿さまに何も出来やしません。へたにお屋敷に乗り込んだら殺されてしまいます。そんなことにならないか心配で……」

「わかった。弥吉を捜してみよう」

「ありがとうございます。もし、どこかで見つかったら、私どものところに顔を出すように伝えていただけないでしょうか。弥吉は悴も同然の男なので」

「わかった。おぬしたちは娘のためにもしっかり生きていくのだ。よいな」

剣一郎はふたりを励まして立ち上がった。

外に出てから、

「弥吉を捜してみます」

と、太助が言った。

「頼んだ」

坪井家に絡(から)んだ何かがもっとある。剣一郎はそんな気がしてならなかった。

五

昼下がり、政五郎は『白河屋』に顔を出した。

好太郎が店に出ていた。

「これは親方」

好太郎が挨拶をした。

「ちょっと時間をもらえるかえ」

「はい。構いませんが」

「じゃあ、付き合ってくれるか」

「わかりました」

好太郎は番頭にあとを任せ、政五郎についてきた。

『千鳥庵』は昼飯時が過ぎて、客はふた組だけだった。

政五郎は小上がりの奥に、好太郎と向かい合って座ると、お清に酒と、つまみに板わさと焼き海苔(のり)を頼んだ。

「商売も順調にいっているようだな」

政五郎は口を開いた。

「はい。どうにか」

好太郎は頭を下げ、

「これも三年前に、親方にいろいろ教えていただいたおかげです」

と、感謝を口にした。

「いや、俺は何もしちゃいないよ。皆、おまえさんの頑張りによるものだ。それにしても、小間物の行商から店を構えるまでになったのは大したものだ」

「あの店を世話してくださったのは親方です。店を出す自信はなかったのですが、親方が背中をぽんと押してくださった。そのあとも、なんでも相談に乗ってくださり、感謝しています」

「お待ちどおさま」

お清が徳利に猪口、酒のつまみを運んできた。

「すまない」

政五郎はお清に声をかける。

「さあ、行こうか」

政五郎は徳利をつまんだ。

「いえ、私から」

好太郎が手を伸ばしたのを押さえ、

「いいじゃないか。さあ」

と、政五郎は酌をしようとした。

「恐れいります」

好太郎は猪口を摑んだ。

政五郎が酌をする。

「では、私が」

「いや、いい」

そう言い、政五郎は自分の猪口に酒を注いだ。

「じゃあ」

政五郎は猪口を目の高さに掲げた。

「いただきます」

好太郎も猪口を口に運んだ。

「おゆうさんも頑張っているな」

「はい。お店を持つのがふたりの夢でした。おゆうもほんとうに頑張ってくれています」

「夫婦仲がよくて結構だ」

政五郎は微笑み、

「このお店ははじめてかえ」

と、きく。

「はい」

「ここも若夫婦でやっているんだ。『千鳥庵』という屋号は仲むつまじい千鳥からきているそうだ。暖簾を見たか。千鳥文だ。夫婦円満、家内安全を祈願している」

政五郎は酒を喉に流し込んで、

「ここの夫婦も、おまえさんのところと同じで仲がいい」

「恐れ入ります」

「商売も順調、夫婦仲もいい。まったく、なんら問題ないはずなのに、最近のおまえさんは顔色が優れないようだ。そのことが気になってな」

「いえ、そんなことは……」

「好太郎さん。もう、おまえさんとは長い付き合いだ。俺は悴のように思って接してきた。だから、わかるんだ」

「…………」

好太郎は俯いた。

「坪井さまのことだろう？」

政五郎が言うと、好太郎はびくっとした。

「納品や集金に、どうしておゆうさんがお屋敷に行かなくてはならないんだね。おまえさんじゃだめなのか」

「親方、それは……」

好太郎の言葉は続かなかった。

「それは、なんだね？」

「坪井さまのご意向で」

「そこだ」

政五郎は厳しい顔で、

「なぜ、坪井さまがそんなことを言うのか」

と、問い詰める。

「変じゃないか。納品や集金のことで、殿さまが出てくるのはおかしいではないか」

「そのあとに、殿さまにご挨拶をするそうです」

好太郎は苦しそうに言う。

「出入りの商人はみなそうか。用事が済んだあと、殿さまに挨拶をするのか」

「そんなことはないと思います」

「そうだ。そんなことはない」

政五郎は言い切る。

「で、挨拶だけで、すぐ解放されるのか」

「…………」

「どうなんだ？」

「いえ」

「お酒の相手をさせられているのではないか。そうだろう」

政五郎は俯いている好太郎に言う。

「じつは、薄々そう感じていた。だが、おゆうさんはしっかり者だから心配ないだろうと思っていた。おまえさんもそのことがわかっているから、おゆうさんに任せているんだとな」

好太郎は俯いたままだ。

「だが、番頭さんの話だと、おゆうさんがお屋敷に出かけたあと、おまえさんはいつもいらだっているという。信用しているのに、なぜいらだっているのだ？」

「…………」

「なんとか言ってくれないか」

「申し訳ありません」

好太郎は頭を下げた。

「何も謝ってもらいたいわけじゃない」

政五郎は顔をしかめ、

「いったい、どういう縁から坪井さまのお屋敷に出入りをするようになったのだ？」

と、きいた。

「『田島屋』の旦那の世話で」

「なに、『田島屋』の旦那？」

「はい。一年ほど前、たまたまお店に立ち寄り、それから何を気に入ったのか贔屓にしていただき、それから半年ほど前に、坪井さまのお屋敷に出入りが出来るようにしてくださいました」

「半年ほど前？」

『田島屋』の娘が坪井の屋敷で手討ちに遭ったのはその頃だ。

「それから櫛や簪、白粉などをお買い上げいただくようになりました。『田島屋』さんもたくさん買ってくださっています」

「商売が順調なのも『田島屋』や坪井さまのおかげか」

政五郎は不快そうに言う。

「ええ」

「おゆうさんは美人だ。『田島屋』の旦那はそこに目をつけて、坪井さまが必ず気に入るだろうと思って引き合わせたのではないか」

政五郎は勝手に想像した。

「『田島屋』は、坪井さまに取り入ることによって商いが良くなっているのだ。つまり、おゆうさんはそのために利用されているのではないか」

好太郎は押し黙っている。

「おゆうさんがそのために犠牲になることはない」

今度は、政五郎が言いよどんだ。

しかし、はっきり言っておかねばならない。

「おまえさん方は、すべてを承知なのではないのか。おまえさんは、商売のためにおゆうさんを生贄(いけにえ)に……」

「親方」

好太郎はたまらずに口をはさんだ。

「これは、私たち夫婦の問題です。どうか、放っておいてください」

「ふたりで決めたことに口をはさむつもりはない。だが、俺は心配なんだ」

政五郎は身を乗り出し、

「おまえさんはほんとうに平気なのか。おゆうさんが他の男と情を通じていても。そうじゃあるまい。苦しんでいるんじゃないのか。おゆうさんとてそうだ。他の男に身を任せながら、苦痛にのたうちまわっているのではないか」

「親方。坪井さまは鬼ではありません。強引な真似はなさいません。まだ、おゆうには……」

「だが、いずれそうなる。そう思っているのだろう?」

「………」

「そんなにしてまで店を大きくしたいのか」

政五郎は思わず激しく問い詰めた。

お清も顔を向けた。板場から磯吉と手伝いの年寄りが覗いていた。

政五郎は声を落とし、

「俺はこの先のことを心配しているのだ」

と、諭した。

好太郎は微かに頷いた。

「この話はここまでだ。どうだ、蕎麦を食っていかないか。ここの蕎麦はうまいんだ」

「お腹に入りません。これで失礼いたします」

好太郎は腰を上げた。

「そうか。おゆうさんとよく話し合うんだ、いいね」

政五郎は声をかけた。

戸口から出て行った好太郎の背中に、悲哀のようなものを感じたのは気のせいか。

それから半刻（一時間）後、政五郎は八丁堀の青柳剣一郎の屋敷に出向き、客間で多恵と向かい合っていた。

「『千鳥庵』のお蕎麦、とても美味しかったと言ってましたよ」

多恵が微笑んで言う。

「ええ。ぜひ、多恵さまにも召しあがっていただきたいと思います。青柳さまと多恵さまのように夫婦仲のむつまじいふたりがやっている蕎麦屋なんです」

政五郎は力説し、

「多恵さまのご懸念は、青柳さまと太助さんから聞きました。『白河屋』の主人夫婦も仲むつまじく、ふたりで頑張って店を大きくしようとしています」

と、話した。

「そのようですね。ですから、ちょっと気になるのです」

「坪井さまの件ですね」

政五郎は表情を曇らせ、

「じつは、亭主の好太郎と話してきました。好太郎は、何が起こるかわかっていておゆうを坪井さまのお屋敷に送り出しているようです」

「やはり、そうでしたか」

多恵は三日月眉を寄せた。

「多恵さまもお気づきでしたか」

「おゆうさんから覚悟のようなものを感じました。ひょっとして、好太郎さんも承知のことなのではと、内心で困惑していました」

「店を大きくしたいそうです。そのためには、坪井さまや『田島屋』の後押しが必要だと」

そう言い、政五郎はため息をついた。

「好太郎は坪井さまにおゆうを差し出し、おゆうも進んでお屋敷に出かけているのです。まだ、おゆうは坪井さまの毒牙(どくが)にかかってはいないでしょうが、いずれそうなるでしょう。ふたりはお店のために必死に耐えているんです」

「痛ましいこと」

多恵は呟き、

「今のふたりは誰の言葉も受け入れないでしょうね。夫婦間の問題だから、これ以上は他人がとやかく言うことは出来ません」

と、やりきれないように言った。

「そうですね」

今後、何があろうと夫婦ふたりで解決していくしかないし、またその覚悟なのだろう。

「それにしても、相談にきたお房さんはいったいどんな方なのでしょう。政五郎さんもお房さんというひとに心当たりはありませんね」

「ええ。私の身の回りには」

政五郎は不思議そうに首を傾げた。

「では、私はこれで」

「わざわざ知らせてくれてありがとうございます」

「青柳さまによろしくお伝えください」

政五郎は八丁堀をあとにし、帰途についた。

浅草御門を抜けた頃には陽(ひ)が翳(かげ)ってきた。茅町一丁目にある小間物屋『白河屋』の前に差しかかったとき、政五郎は足を止めた。

おゆうが店から出てきて蔵前(くらまえ)のほうに向かった。おゆうは鳥越橋の手前を左に折れた。同じ方向なので、自然とあとをつける形になった。

途中、政五郎は長屋のほうに足を向けたが、おゆうはそのまま武家地のほうに歩いて行く。坪井の屋敷に行くのやもと、複雑な思いで、おゆうを見送った。

# 第二章　十五年前の味

一

未明より南風が吹き、暖かい朝になった。

八丁堀の屋敷から南町に向かう一行の足取りも軽やかだ。

剣一郎は出仕して、しばらくすると宇野清左衛門に呼ばれた。

「宇野さま。お呼びで」

剣一郎は文机(ふづくえ)に向かっている清左衛門の背中に声をかけた。

清左衛門は振り向いた。

「青柳どの。聞いたか」

「なんでしょうか」

「昨夜(ゆうべ)、柳原(やなぎわら)の土手で、中間(ちゅうげん)ふうの男が匕首(あいくち)で心ノ臓を刺されて殺されていた」

「中間が？」

江戸府内で起きた事件の報告は毎日受けているが、昨夜の件はまだ聞いていなかった。

「その男の身元がわかった」

「誰ですか」

思わず、剣一郎は身を乗り出した。清左衛門がわざわざ呼び寄せて知らせようとしたのだ。何かあると思った。

「坪井さまの屋敷の中間で、一太という者だそうだ」

「坪井家の中間ですか」

「そうだ。今朝早く、坪井家の中間頭が奉行所に訪ねてきた。昨夜、中間がひとり外出したきり帰ってこない。殺しがあったと聞いたので、気になって確かめにきたと」

「亡骸を確かめて間違いないと？」

「そうだ。一太は小肥りで、四角い顔で鼻が大きく、額に黒子がある。まさに、亡骸の特徴そのものだったということだ」

清左衛門はふと声を落とし、

「用人どのに会う理由が出来たではないか」

「そうですね」

剣一郎はいちおうは頷き、

「下手人の見当はついていないのですね」

と、確かめる。

「まだだ。匕首で刺されているのだから、ならず者と何かあったのであろう。詳しいことは京之進から」

定町廻り同心植村京之進のことだ。

京之進は青痣与力の剣一郎に心酔しているひとりだ。

「この調べということで、用人どのに会うことが出来るかもしれない」

清左衛門はもう一度言った。

「じつは、そのことでどうも困ったことに。『白河屋』の主人夫婦は……」

剣一郎は多恵から聞いた政五郎の話を伝えた。

「なに、自分の女房に他の男が言い寄るのを黙認するだと？　それも商売の利益のためにか。なんという男だ」

清左衛門は呆れ、

「しかも、女房も承知だと。何と言えばいいのか」

と、憤慨した。

「これでは、この夫婦も坪井さまと同類ではないか」

「ふたりにとっては、お店が大事なのでしょう。しかし、まだ、体を許すには至っていないようです。ですから、今ならまだ間に合うと思ったのですが、夫婦は聞く耳を持たないということです」

「男は女房の不貞をいつまでも引きずっていくはずだ。いつか、そのことでふたりの仲に亀裂が生じよう」

「私もそのことを危惧しています」

剣一郎は深刻そうに言い、

「このふたりの説得がだめなら、坪井さまに訴えるしかありません。しかし、坪井さまは否定なさるでしょう」

と、困惑した。続けて、

「気になるのは、坪井さまに関する悪い噂です。去年、坪井さまのお屋敷で女中が手討ちに遭ったそうです」

と、政五郎から聞いた話をした。

しかし、実際は女中が坪井を拒んだために、手討ちに遭った可能性がある。

「ともかく、中間の一太殺しの調べを口実に、坪井家の用人どのにお目にかかってみたいと思います。申し入れしていただけますか」

「やってみよう」

剣一郎は清左衛門の前から下がった。


剣一郎は初春の陽差しを浴びて、ゆったりと川船が行き交う神田川を目にしながら、亡骸が見つかったという新シ橋の近くに足を向けた。

とうに亡骸は片付けられていたが、岡っ引きと手下らしい男が周辺を調べていた。

「青柳さま」

植村京之進が手札を与えている岡っ引きが気づいて、剣一郎に声をかけた。

「亡骸が見つかったのはどこだ？」

剣一郎はきく。

「新シ橋の手前の草むらです。見つけたのは夜鷹買いにきた神田岩本町に住む棒手振りの男です」

柳原の土手は夜鷹が出没するので有名だ。

「見つけたのは何刻か」

「五つ半(午後九時)ごろです」

「真っ暗だったと思うが」

「なんでも、酒をひっかけてから土手にやってきて、小便をしようと川っぷちに向かおうとしたら月明かりで草むらに横たわる男の亡骸が目に入ったということです。それで、土手を駆け下りて、近くの自身番に駆けつけたそうです」

「そうか」

剣一郎は頷いた。

「青柳さま」

新シ橋を渡って、植村京之進がやってきた。

「殺されたのが坪井家の中間と聞いてな」

現場にやってきたわけを話した。

「そのようなことがあったのですか」

「今回の殺しが関係しているはずはなかろうが、これをきっかけに坪井家の用人どのに会えるやもしれぬでな」

剣一郎は狙いを口にした。

「今、坪井さまのお屋敷に行ってきたところです。用人どのには会えませんでしたが、朋輩(ほうばい)から話を聞いてきました」

　京之進は言い、

「朋輩たちの話では、一太は夜鷹買いに行ったのではないかと言っているそうです」

「一太は日頃から夜鷹と遊んでいるのか」

　剣一郎は確かめる。

「西田どのはそう言ってました」

「中間が夜、勝手に外出出来たのか」

「皆、こっそり外出しているそうです。朝までに戻ればいいと」

　京之進が言う。

「夜鷹買いに行って、何かあったと見ているのか」

「はい。同じように夜鷹買いにきたならず者ともめたのではないかと」

　剣一郎はそのようなことがあろうかと首をひねり、

「目撃者はいないのだな」

　と、きいた。

「おりません。ただ、今朝、新シ橋辺りの聞き込みで職人体の男に声をかけたところ、昨夜の五つ（午後八時）ごろ、神田佐久間町に帰るために橋を渡っていたら、中間ふうの男とすれ違ったそうです。月明かりでしたが、小肥りで四角い顔だったと。一太の特徴に合っています。また、そのあとに、大柄な遊び人ふうの男が歩いてきたということです」

「念の為に、中間ふうの男が向かった先で他に見かけた者がいないか確かめたほうがいいな。誰も見かけた者がいなければ、その男が一太の可能性が高くなる」

「わかりました」

「だが、そうだとしたら、あとに続いてきた遊び人ふうの男というのが気になる」

「ともかく一太らしい男がこの先で目撃されているか、調べてみます」

京之進はさらに、

「吉田町に行って、昨夜、ここを流した夜鷹からも話を聞いてきます」

「なにかわかったら、知らせてくれ」

剣一郎は京之進と別れ、新シ橋を渡った。

剣一郎は田原町にある鼻緒問屋『田島屋』に主人の勘兵衛を訪ねた。

前回と同じ部屋で、恰幅のよい勘兵衛と向き合う。

「鼻緒職人の作蔵に会ってきた」

「さようで」

勘兵衛は眠そうな細い目を伏せた。

「作蔵に聞いたところによると、そなたの話と違う。お久はそなたに請われ、いやいやながら奉公に上がったというが」

「いえ、私は確かになんとかお久を奉公させ、礼儀作法を身につけさせたいという相談を作蔵から受けて、ことを運んだのです。ところが、いざとなったらやっぱりやめると言い出して。それで、すでに坪井さまに話を通してある。今さら、やめると言われたらこっちも困る。だから、半年でもいいからという話をしたのです」

勘兵衛はすでに用意してあったような弁明をした。

「作蔵はそのようなことは言っていなかったが」

「忘れているのか、隠しているのでしょう」

勘兵衛は平然と言う。

「お久に言い交わした男がいたことを知っていたか」

「ええ、作蔵が言っていました」

「そんな男がいながら、お久が屋敷の家来と深い関係になるとは思えないが」

剣一郎は口にする。

「さあ、ひとの気持ちは変わりますから」

「まあいい」

剣一郎は静かに言い、

「今日訪ねたのは、坪井家の一太という中間についてだ」

「中間の一太？　はて、どなたでしょうか」

「坪井家で見かけたことはないか」

「いえ、中間とは会いませんが……」

首をひねったが、ふいに勘兵衛は思いだしたように、

「あの男かもしれません」

と、口にした。

「思いだしたか」

「はい。でも、中間の一太がどうかいたしましたか」

「聞いていないのか」

「何かございましたか」

「昨夜、柳原の土手で殺された」

「殺されたですって」

勘兵衛は大仰に言い、

「いったい、誰に？」

と、きいてきた。

「まだ、わからぬ。探索がはじまったばかりだ」

「そうでしょうな」

勘兵衛は頷き、

「それにしても、そのことでなぜ私のところに？」

と、細い目を鈍く光らせた。

「そなたが坪井家に出入りをしているので、頼みたいと思ってな」

「なんでしょうか」

勘兵衛は警戒の目を向けた。

「中間の一太は夜鷹買いに行き、そこに来ていたならず者となんらかのことで諍いになったのではないかと思えるが、もしかしたら、そのならず者とは以前からの知り合いだったとも考えられる」

「中間の一太が、ですか」

「そうだ。屋敷の者の話では、一太はよく夜に屋敷を抜け出していたらしい。もしかしたら、一太はならず者とつるんでいて、仲間割れで殺されたという見方も否定出来ぬ」

剣一郎は思いつきを口にし、

「もし、そうだとしたら由々（ゆゆ）しきことゆえ、一太について知りたい。そこで、用人どのからお話を承（うけたまわ）りたいのだ」

清左衛門が正式に申し入れをしても、用人が受けるかどうかわからない。

「私にどうしろと？」

「用人どのに会えるようにしてもらいたい」

「私は用人さまにそのようなことを頼める立場にはありません」

勘兵衛は困惑したように言う。

「いや、坪井さまとかなり親しいそなたのことだ。用人どのも聞き入れてくれるはずだ」

「しかし」

「無理にとは言わぬ。いずれにしても、正式に南町奉行所として用人どのに会う手筈を整えるつもりだ」

剣一郎は迫った。

「用人さまがなんと仰るかわかりませんが、きいてみます」

勘兵衛は渋々といった様子で承知をした。

田原町を出て、蔵前の通りに入り、鳥越橋を渡った。

茅町一丁目に差しかかると、小間物屋の『白河屋』の看板が目に入った。

ちょうど店先から客が出てきて、三十ぐらいの男が見送りに出てきた。主人の好太郎だろう。

ふと、前方から二十七、八歳の美しい女がやってきた。丸髷だ。すれ違って振り向くと、女は店先に立っている好太郎に近づいて行った。

好太郎が優しげに迎えた。女はおゆうだ。

ふたりは肩を並べて店に入って行った。

剣一郎は微笑ましい思いでふたりを見送ったが、すぐにどす黒いものが胸を覆ってきた。あの仲むつまじい夫婦の間に亀裂が走るような真似をさせたくない。

そう思ったものの、間違った方向に進むふたりの気持ちを変えさせることは難しそうだ。

かといって、坪井貞道のおゆうに対する執心はなくなりそうもない。

しかし、過ちを犯せば必ず後悔することになる。それでは遅い。剣一郎は焦燥を募らせながら奉行所に戻った。

二

その夜、屋敷に京之進がやってきた。

太助とともに話を聞いた。

「柳原通りに面した町々で聞き込みをかけましたが、一太らしい男を見かけた者は今のところ見つかっていません。夜の五つ(午後八時)過ぎで、人通りも絶えていたこともあるかもしれませんが」

京之進は言ってから、

「やはり、職人がすれ違った男は一太に間違いないようです。そうなると、あとから歩いてきた大柄な遊び人ふうの男が気になります」

「職人は遊び人ふうの男の顔は覚えていないのか」

剣一郎はきいた。一太の顔を見ているのだから、遊び人ふうの男の顔も覚えているのではないかと思ったのだ。

「遊び人ふうの男は俯き加減に歩いていたので、顔は見ていなかったということです」

「わざと顔を隠していたとも考えられるな」

「そう思います」

京之進は応じてから、

「それより、吉田町に行って、柳原の土手を流している夜鷹から話を聞いたのですが、一太らしい客をとった女がいないんです」

「いない？」

「ええ、屋敷の者は夜鷹買いによく外出していたと言っていましたが、実際は違うのではないでしょうか」

「屋敷の者が勝手に夜鷹買いだと決めつけていたのか、あるいは一太自身が行き先を知られたくないので、あえて夜鷹買いに行くと言っていたのか。いずれにしろ、一太は別の目的があって夜に屋敷を抜け出していたということか」

「やはり女でしょうか。中間奉公する前から付き合っていた女がいたとか。あるいは、料理屋の女中とか」

「そうかもしれぬな」

剣一郎も頷き、

「坪井家に奉公する前のことを調べてみる必要があるな」

と、口にする。

「調べて、またお知らせにあがります」

京之進は頭を下げて腰を上げた。

京之進が引き上げたあと、多恵が部屋に入ってきた。

「今、ちょっと立ち聞きをしてしまったのですけど」

腰を下ろしてから、多恵が口を開いた。

「殺された中間が女のひとに会いに行っていたかもしれないという話です」

「うむ。それが何か」

剣一郎は思わず身を乗り出した。

「ひょっとして、その女のひとこそお房さんでは？」

「なに、お房？」

「はい。おゆうさんの友達ということで私に会いにきましたが、おゆうさんは知り合いではないと否定しました。それで、番頭さんが知り合いの女のひとに頼んだのかと思いましたが、番頭さんでもありませんでした。でも、お房さんは事情を知っていたんです。誰かから聞いたはずです」

多恵は推し量った。

「それが、一太だと？」

剣一郎ははっとした。

いきなり結びつけるのは強引だが、指摘されるとその可能性もある。

「あれから私はお房さんを捜したのです。おゆうさんの幼なじみの女のひととも会いました。やはり、お房さんらしいひとはおゆうさんの周囲にはいませんでした」

多恵はさらに続ける。

「おゆうさんの周辺にお房さんがいないとなると、坪井さまのお屋敷のほうからではないかと。そう思っていたときに坪井家の中間が殺されたので、もしやと思ったのです」

「十分に考えられる」

剣一郎は唸った。

「一太は偶然に、坪井さまがおゆうを口説いているところを見たのかもしれない。いや、単にそれだけなら、わざわざお房を使ってまで訴えようとはしないだろう。一太は、半年前にお久が手討ちになった真相を知っていた。だから、おゆうが危ないと思ったのではないか」

「もしそうなら、どうして、坪井さまのほうは、一太がお房さんに頼んだとわかったのでしょうか。それより、お房さんのことがどうしてわかったのか」

太助が疑問を口にした。

「私がお房さんのことをきいたのはおゆうさんと幼なじみ、それから番頭さんだけです。そこからお屋敷のほうに話が伝わるとは思えませんが」

多恵が首を傾げた。

「『田島屋』の主人だ」

剣一郎ははっと気づいた。

「主人の勘兵衛は、わしらがおゆうのことで探索に乗り出したことを知って『白河屋』の番頭に訊ねた。そして、お房のことを知ったのかもしれない」

剣一郎は続ける。

「しかし、お房を遣わしたのが一太だと、どうしてわかったのか」

「おまえさま」

多恵が不安そうに、

「お房さんの身はだいじょうぶでしょうか」

「お房が一太とどの程度の関係だったかによる。単に頼まれただけなら口封じをされることはないと思うが、このまま捨ててはおけぬ。お房を捜し出さねばならぬ」

「お房さんの顔を知っているのは私だけです。私の見立てでは、お房さんは水茶屋か料理屋で働いているのではないかと」

その方面を捜してみると、多恵は言った。

「うむ。わかった。太助、多恵を手伝え」

剣一郎は太助の顔を見た。

「もちろんです」

太助は即座に答える。

「ところで、弥吉の行方はまだわからないのだな」

剣一郎はきいた。

「はい。誰も知らないのです。いったい、どこで何をしているのか」

太助は不思議そうに言う。

行方を晦ましてから三月。

「まさか」

ふと不安が過った。

弥吉は坪井貞道に復讐を誓った可能性がある。それから三月、何もしなかったのか。坪井家の屋敷に侵入し、坪井貞道を襲ったものの、返り討ちに遭ったのでは。亡骸はどこぞに埋められた……。

「弥吉さんはすでに殺されていると？」

太助が暗い顔をした。

「わからぬが、三月もの間、消息が知れぬことが気になる。坪井さまの屋敷の周辺に不審な人物がうろついていたという話もないようだ」

「やはり、弥吉は……」

太助は憤然と言う。

「いや、まだわからぬ。弥吉に復讐する気持ちなどなく、お久を忘れるために違う土地で暮らしはじめたとも考えられる」

　剣一郎はその可能性も口にしたが、いなくなった当時の弥吉の様子からは復讐を誓っているように感じられたことが気になった。

　もっとも最初はその気だったが、とうてい無理だと悟って諦めたとも思えるが……。

「しかし、仮に一太がお房を使っておゆうの危機を救いたいと思ったにしろ、好太郎とおゆうにはその思いは通じないということだ」

　剣一郎は昼間、『白河屋』夫婦を見かけた話をし、

「少し見ただけだが、仲むつまじい様子は感じられた。だが、あの仲の良さがお互いを間違った方向に行かせてしまったのかもしれない」

　と、苦しそうに呟いた。

「今度ばかりは私の無力さを思い知らされました」

　多恵が無念そうに言う。

「わしも同じだ」

　剣一郎は応じてから、

「だが、これで諦めてしまってはふたりを救い出すことは出来ない」

と、多恵に顔を向けた。

「はい。たとえ、お房さんが何者であろうと、訴えは間違っていません。最後まで、相談の内容を解決するために力を注ぎます」

多恵は改めて覚悟を口にした。


翌朝、出仕した剣一郎は宇野清左衛門に呼ばれ、年番方与力の部屋に赴いた。

「青柳どの。今朝早く、坪井さまの用人どのから使いがあり、お会いくださるとのことだ」

清左衛門は口にし、

「それにしても、いかなる風の吹き回しか。会うことを拒んでいたようだったのに」

と、首をひねり、

「中間の一太が殺されたことが大きいのか」

『田島屋』の主人の口利きが大きかったかもしれないと、剣一郎は思ったが、そのことには触れず、

「で、いつと指定が？」

「今日の昼過ぎだ」

「わかりました。出向いてみます」

剣一郎は会釈して下がった。

与力部屋に戻ると、風烈廻り同心の礒島源太郎と大信田新吾が見廻りに出る前に挨拶(あいさつ)にやってきた。

「では、見廻りに出かけてきます」

源太郎が声をかけた。

「うむ。ご苦労」

「青柳さま。たいしたことではないのですが」

源太郎が切り出した。

「何か」

「旗本坪井貞道さまのお屋敷の中間が殺された件で、関係ないと思いますが、一応お耳に入れておいたほうがよいかと思いまして」

「聞こう」

「三月ほど前、見廻りで下谷七軒町(したやしちけんちょう)から武家地を通り元鳥越町を抜ける途中、坪井さまのお屋敷の裏手に差しかかったとき、挙動不審な若い男を見かけました。坪井家の塀の中を探っているように思えたのです。声をかける前に、こっちに気づいてあわてて逃げだしました」

源太郎は息継ぎをし、

「追いかけたのですが、見失ってしまいました。途中にあった辻番所の番人が逃げて行く男を見ていて、最近何度か見かけたと言ってました」

「どんな男だ？」

「二十一、二ぐらいの男でした」

「二十一、二とな」

剣一郎は呟き、

「何をしていたのか」

と、きいた。

「私が気づいたとき、塀に向かって何かを投げ込むような仕草をしていました」

新吾が口をはさんだ。

「何かを投げ込む？」

「今思えばそのように思えるのです」

「辻番所の番人は何度か見かけていたというのだな」

「はい」

「よく思いだしてくれた」

剣一郎はふたりの顔を交互に見た。

「では、見廻りに出かけます」

ふたりは剣一郎の前から下がった。

三月前に二十一、二歳の男が坪井家の裏手で……。なんとなく、弥吉を連想させた。

弥吉だとしたら何をしていたのか。

塀に向かって何かを投げ込むような格好をしていたという。

剣一郎ははっとした。

弥吉は坪井家の屋敷に付け火をしようとして下見をしていたのではないか。夜中に、布に油を染み込ませ、石を包んで投げ込む。

復讐をその形で考えたか。しかし、実行に移さなかった。外から投げ込んでも母屋（おもや）まで届かないと諦めたのか。

三月前は十月下旬から十一月はじめ、北ないし北西の風が強くなる。風が強い日に火事が起きれば、大火になる可能性が高い。

弥吉は、町のひとたちの命や財産を奪ってしまうことに気づき、思い止まったとも考えられる。

しかし、復讐を諦めたとは思えない。やはり、弥吉の身に何かあったか。

昼過ぎ、剣一郎は三味線堀近くにある坪井貞道の屋敷を訪れた。

門番に用向きを告げると、門番のひとりが屋敷ではなく表長屋のほうに向かった。

案内されたのは誰も使っていない長屋の部屋だった。

そこの奥の部屋で待っていると、しばらくして鬢に白いものが目立つ武士が現われた。

剣一郎の前に腰を下ろし、

「用人の矢崎平左衛門でござる」

と、挨拶をした。眦が下がっているので温和そうに見えるが、眼光は鋭い。

「南町奉行所与力青柳剣一郎です」

剣一郎も名乗り、

「お会いくださり、ありがとう存じます」

と、礼を言う。

「田島屋から口添えもあったのでな」

矢崎は答え、

「して、中間の一太が殺された件だそうだが」

と、きいてきた。

「はい。一昨日の夜、柳原の土手で殺されていました。南町の者が朋輩らにきいたところ、一太は夜鷹を買いによく外出していたということでした」

「そうらしい」

矢崎は答える。

「そうらしいとは？」

「わしは中間のことなどあまり関知していないからな。奉公人から聞いたのだ」

「奉公人は夜、外出することは多いのでしょうか」

「中間に限らず、皆こっそり外出している。夜鳴き蕎麦を食べに出たり、他の屋敷の中間部屋で行なわれている賭場に出入りしたりしている者もいるようだ」

「黙認でしょうか」

「うむ」

矢崎は難しい顔をし、

「あまり厳しいと中間のなり手がいなくなる」

と、呟くように言う。

「口入れ屋に頼めば、いくらでもいるように思えますが」

「誰でもよければな。質の問題だ。一太はよくやっていたようだ。そういう奉公人は手放したくないのだ。だから、規則でがんじがらめに縛りつけるより、ある程度好きにさせている」

「一太は忠実な奉公人だったのですか」

「そうらしい。有能で、曲がったことの嫌いな男だったとか。いずれ、若党に取り上げてもいいとさえ思っていた」

矢崎は力説した。

「最前は、中間のことなどあまり関知していないと仰っておいででした。その割には、よく見ているようですが」

「仕事上のことだ。仕事を離れたあとのことは関知していないという意味だ」

「なるほど。だから、一太が夜鷹買いに行っていたことは知らなかったのですね」

「そうだ」

「しかし、ひとたび外に出れば、それだけ揉め事に巻き込まれる恐れも多くなりましょう。現に、一太は殺されました」

「……………」

　矢崎は押し黙った。

「矢崎さまは、一太は誰に殺されたと思われますか」

　剣一郎は確かめる。

「夜鷹を買いに行き、誰かと喧嘩になったのであろう」

「それは、矢崎さまのお考えでしょうか」

「中間の仲間が、そう言っていた」

「矢崎さまは、それを素直に信じているのですか」

「他に理由がないのでな」

「じつは、一太が夜鷹を買っていた形跡がないのです。夜鷹に確かめたので、間違いないと思います」

　剣一郎は指摘した。

「どういうことだ？」

矢崎は不思議そうな顔をした。

「一太は夜鷹買いではなく、別の理由で外出していたのです」

「…………」

「どんな理由かわかりませんが、想像するに、女に会いに行っていたのではないかと」

お房のことを念頭に置いて言う。

「女？」

矢崎は眉を顰め、

「女と密会していたと言うのか。そんな証でもあるのか」

と、問い詰めるようにきいた。

「ありません」

「証がないのにどうしてそう思うのだ？　どこぞの賭場に通っていたのかもしれぬ」

「いえ、それでしたら、朋輩からそのような話が出ているのではないでしょうか。賭場なら隠すこともないでしょう」

剣一郎は言い、

「一太は行き先を誰にも告げていないようです。知られてはならない誰かと会っていたと考えられます。そうだとしたら……」

「もし、女だとしたら」

矢崎が強引に口をはさんだ。

「その女絡みで殺されたというのか」

「一太の仕事はなんだったのでしょうか」

「あの者は草履取りだ」

「坪井さまの外出にお供していたのですね。普段は雑用もしていたのでしょうか。たとえば、庭掃除や薪割りなど」

「それらは下男がする」

「しかし、母屋に近付くことはあったのでは？」

「質問の意味がわかりかねるが」

矢崎は警戒ぎみに、

「まるで、一太が母屋で何らかの秘密を知ってしまったというように聞こえるが」

と、口にした。

「そのようなことはありましょうか」

「秘密などない。が、一太は屋敷内の警護のために、徒士とともに母屋近くに行くことはあった」

「そうですか。わかりました」

剣一郎は話を切り上げ、

「また、改めてお話をお聞かせいただくことがあるかもしれません。そのときはよろしくお願いいたします」

と、頼んだ。まだ、お久や『白河屋』のおゆうのことを口にするのは早すぎると判断した。

「いいだろう」

そう言い、矢崎は立ち上がった。

戸を開けて外に出たとき、額の広い、鷲鼻の武士が立っていた。三十過ぎで、大柄な男だ。

「高槻か。何か」

矢崎が武士に声をかけた。

「奉行所の与力がやってきていると聞いて、何ごとかと思いまして」

「一太が殺された件だ」

矢崎は答え、すぐ剣一郎に顔を向け、

「近習の高槻弥太郎と申す」

「南町の青柳剣一郎です。中間の一太が殺された件で、矢崎さまにお話をお伺いしました」

「なにか手掛かりは見つかりましたか」

高槻は鋭い目を向けてきいた。

「青柳どのは一太が夜鷹買いのために外出したことを否定なさっておる」

「夜鷹買いでないとすると、何があったのですか?」

「まだわかりませんが、探索が進めばそれもはっきりしましょう。では」

剣一郎は矢崎と高槻に挨拶をし、背後に鋭い視線を感じながら門に向かった。

三

芝の『め組』の頭取文蔵が政五郎の家にやってきた。

「これは文蔵親方、お久しぶりです」

「政五郎のかみさんが挨拶をする。

「おかみさんも達者そうでなにより」

文蔵が言う。

「今、お酒の支度(したく)をしますから」

「いいんだ」

政五郎は呼び止めた。

「じつは、文蔵さんに『千鳥庵』の蕎麦を食べさせたくて呼んだんだ」

「おかみさん、そうなんですよ。政五郎さんがうまいと褒めるんで、蕎麦好きの私としてはじっとしていられなくて、のこのこ出てきたってわけなんだ」

「まあ」

かみさんは微笑み、

「文蔵親方も蕎麦好きだったんですね」

「ああ、政五郎さんに負けぬぐらいにね」

「そうだったんですか。きっと親方も気に入ると思いますよ」

文蔵は相好(そうごう)を崩(くず)し、

「楽しみだ」

と、舌なめずりをした。

「じゃあ、出かけるとしよう」

政五郎は立ち上がって、文蔵とともに家を出た。

ほどなく、『千鳥庵』の前にやってきた。

「千鳥文か」

文蔵が暖簾(のれん)を見て言う。

「そうだ、仲のいい夫婦がやっている」

政五郎は店に入った。

昼下がりでも客はそこそこ入っていた。

ふたりは小上がりの奥に向かい合って座った。

お清が注文をとりにきた。

「酒を。それから肴(さかな)はいつものを」

政五郎は頼む。

「はい。ありがとうございます」

明るい声で言い、お清は下がった。

文蔵は店の中を見回した。

「どうした？」

「いえ、なんでもありません」

文蔵は首を横に振った。

酒と肴が運ばれてきた。

お互いに酌(しゃく)をし合ってから、

「じゃあ」

と猪口(ちょこ)を目の高さに掲げ、政五郎は口に運んだ。

「昼間の酒はききそうだ」

文蔵が猪口をいっきに空けて言う。

「俺は朝湯のあとにこれだ」

そう言い、政五郎は文蔵の猪口に酒を注(つ)ぐ。

「締めに蕎麦ですか。たまらねえな」

文蔵が笑う。

「それもとびきりの蕎麦だ。生きているって感じる一時よ」

政五郎は真顔で言う。

「そんなに期待をもたせるもんじゃありませんぜ。そう思って食べると、意外と期待外れになる。それに」

　文蔵は冷静に続ける。

「そろそろ二月になります。新蕎麦の旬は過ぎているんですぜ」

　新蕎麦は風味、色味にすぐれている。蕎麦は夏の土用を過ぎてから、種をまき、十月下旬の霜が降りる前に収穫する。この初冬に収穫される蕎麦を新蕎麦という。

「四月、五月に種まきして、七、八月に収穫するものもありますが、季節外れでは、十分に実らず、味もよくない」

　文蔵は蘊蓄(うんちく)を語るが、政五郎も負けずに、

「蕎麦の質は手打ちによって補えるんだ。ここの蕎麦はそこに味の秘密があるのだ」

　と、言い返す。

「ああ、楽しみにしましょう」

「なるほど」

　突然、政五郎は合点(がてん)した。

「何がなるほどなんです？」

文蔵が不思議そうにきく。

「おまえさん、うまい蕎麦を食いにきたんじゃねえな。俺が自慢する味にけちをつけようって魂胆できたんじゃねえのか」

「とんでもない。ほんとうに味わいに来たんですよ。ただし、政五郎さんが言うほどの味かどうかは食ってみないとわからないってことです」

「ほらな」

「蕎麦の味の好みはひとそれぞれです。蕎麦粉だけの十割蕎麦が好きな者もいれば、小麦粉を加えた二八(にはち)蕎麦がいいという者もいる。あっしなどは十割蕎麦です。政五郎さんは？」

「俺はどちらかといえば二八蕎麦だ。のど越しがいいほうが好みだ」

政五郎は言い、

「だが、ここの蕎麦は十割蕎麦のように風味豊かだ」

「あっしが言いたいのは、ここの蕎麦を食べてうまいと言わなかったとしても、それはあっしの好みに合わなかったというだけのことです」

「ちっ」

面白くねえと、政五郎は内心で呟いた。

これなら、わざわざ芝まで行って文蔵を誘うんじゃなかったと後悔した。

「お清さん。すまねえ、酒の追加だ」

政五郎は声をかけた。

新しい酒を呑んでいるうちに、だんだん気も落ち着いてきた。考えてみれば、文蔵の言うとおりだ。

ひとによって好みは違う。

そもそも、なぜ文蔵を誘ったのか。

そうだ、あのふたり連れの客だ。亭主の磯吉に、

「十五年ほど前まで、芝の露月町に『更級庵』という蕎麦屋があったんだが、知らないか」

と、きいたことがきっかけだ。

『更級庵』に興味を覚え、増上寺参詣にかこつけて芝にいる文蔵を訪ねたのだ。

どうやら、文蔵を誘ったのは間違いだったようだと、政五郎はしらけてきた。

「そろそろ、蕎麦を頼んでいいんじゃないか」

文蔵が口にした。

「そうだな」

政五郎は仕方なく、蒸籠をふたつ頼んだ。

残りの酒を呑みながら、いつもは蒸籠が運ばれてくるのをいまかいまかと待つのだが、きょうばかりはそうはいかなかった。

文蔵にうまいと言わせて悦に入るつもりが、当てが狂った。

「お待ちどおさま」

お清の明るい声が鬱陶しく感じられた。

蒸籠が文蔵の前に置かれた。

「では、いただきましょう」

文蔵は箸を持ち、蕎麦をつまんで少しだけ汁をつけてすすった。そして、二口目をすすったあとで、顔を向けた。

何か言うかと思ったが、そのまま顔を戻し、黙々と食べている。

食べきって、箸を置いた。

「どうだ？」

政五郎はきいた。

「驚いた」

文蔵が少し興奮している。

「何に驚いたのだ?」

　政五郎はきいた、

「うむ」

　文蔵は唸った。

「どうだ、うまかったかどうか……」

「いや、絶品です」

　文蔵が口にした。

　政五郎は耳を疑った。

「なんと言ったんだ?」

「政五郎さんの言うとおりだ。うまい」

「そうだろう」

　政五郎は調子に乗って、

「最初の一口は味気なく感じられるが、二口目からもう怒濤(どとう)のごとくうま味が押し寄せてくるんだ」

　と、言い放った。

「ご亭主を呼んでもらえないだろうか」

文蔵が言う。

「ああ、いいとも」

政五郎はお清を呼んで、亭主の磯吉に来てもらうように頼んだ。

待つほどのことなく、磯吉がやってきた。

「蕎麦、うまかったぜ」

文蔵は褒める。

政五郎は満足しながら、文蔵と磯吉のやりとりを聞いていた。誰もきくことは同じだ。

「どこで修業したんだね」

文蔵はきいた。

「最初は神田の蕎麦屋に奉公していたのですが、そこを辞めてから信州に行きました。そこで各地をまわり……」

磯吉はふたり連れの客に答えたのと同じように語った。

だが、次の文蔵の問いかけに驚いた。

「十五年ほど前、芝の露月町に『更級庵』という蕎麦屋があったんだが、知らないか」

「いえ、存じません」

磯吉が戸惑(とまど)い気味に答えたのは、ふたり連れの問いかけと同じだったからだろう。

「知らない？　聞いたことも？」

「ありません」

磯吉はきっぱりと言う。

「おかみさんも知らないか」

文蔵はお清に顔を向けた。

「いえ。知りません」

お清は首を横に振った。

政五郎は呆気(あっけ)にとられて、文蔵を見つめた。

「お客さん、じつは先日もふたり連れの旦那(だんな)に同じことをきかれました。いったい、『更級庵』に何があるのでしょうか」

磯吉が不審そうにきいた。

「いや、たいしたことではないんだ。ここの暖簾、千鳥文だね。夫婦円満、家内安全を祈ってだそうだが」

「『更級庵』のおかみさんは、いつも千鳥文の着物を着てお店で立ち働いていた」

文蔵は目を細め、

「やはり、夫婦円満、家内安全の願いが込められている千鳥文を好んだそうだ」

「『更級庵』はどうなっているのですか」

お清がきいた。

「十五年前に、ある事情でやめた。ここに来て、『更級庵』を思いだしただけだ。よけいなことをきいてすまなかった」

文蔵は頭を下げた。

磯吉が何かききたそうだったが、

「忙しいのに呼びつけて申し訳なかった。じゃあ、蕎麦湯をもらおうか」

と相手の声を抑えるように、文蔵は言った。

磯吉が下がり、お清が蕎麦湯の入った湯桶を持ってきた。

「おまえさん。同じような夫婦がやっている店だからという理由だけできいたわけではあるまい」

政五郎は蕎麦湯を汁にまぜて飲みながらきいた。

「はい」

「うむ」

文蔵は曖昧に頷く。

「『更級庵』が店を閉めた理由を言わなかったのはわかるが。夫婦が殺されたなど、縁起が悪いことは口にできないよな」

政五郎は勝手に言う。

「うまかった」

文蔵が満足そうに言った。

「わかってもらえてほっとしたぜ。じゃあ、行くか」

政五郎は言い、文蔵の分も勘定を払って店を出た。

「馳走になっていいのですか」

「ああ、いいとも。もし、たいしたことないと言おうものなら、割り勘にしたがな」

政五郎は笑った。

「そのことですが」

文蔵は不思議そうな顔をした。

「なんだ？」

「あそこに」

文蔵は鳥越神社に目を向けた。

ふたりは鳥居をくぐった。

人気(ひとけ)のないところで、文蔵が立ち止まった。

「なんだ、もったいぶって」

政五郎は焦(じ)れて催促する。

「じつは、さっき食べた蕎麦、『更級庵』と同じ味なんです」

「同じ味？」

「そうです、最初の一口は味気なく感じられても、二口目からいっきにうまくなる。『更級庵』の蕎麦もまさにそうだった」

「しかし、『更級庵』の味といっても、食べたのは十五年前だろう。そのときの味をいまだに覚えているものか」

政五郎は疑問を呈(てい)した。

「いや、十五年前ったって、あの味はこの舌が覚えています。同じことをきいていたというふたり連れも、『更級庵』と同じ味だと思ったのではないでしょうか」

「そこまで味に詳しいとなると、あのふたりはうまいものばかり食べているのだろう。もしかしたら、食べ物番付を作る者かもしれない。そういうふたりなら、『更級庵』で蕎麦を食べたことがあり、その味をしっかり覚えていたのも頷ける」

　政五郎はそう返してから、

「同じ味ということに、どういう意味があるのだ？」

と、きいた。

「あの味が偶然に時代を超えて出来たのか、それとも同じ師匠のもとで修業をしたのか」

　文蔵は考えながら、

「あの亭主は、信州をまわっていたと言っていました。『更級庵』の亭主は信州更級の出です」

「信州のどこかに、同じ味の蕎麦があるということか」

「それも考えられます」

　文蔵は頷く。

「それにしても、どうして同じ味ということにこだわるのだ？」

　政五郎は不思議に思った。

「何かの因縁に思えませんか」

「因縁？」

「『更級庵』の夫婦は殺された。内儀は千鳥文の着物を着て、夫婦円満なふたりだった。『千鳥庵』の夫婦はその生まれ変わりのような気がしてきた。蕎麦の味まで同じです」

文蔵は微かに興奮している。

「生まれ変わりなどあるものではない。千鳥文にしたって、そういう文様の着物を好む女子も多かろう。蕎麦の味だって、おまえさんは同じだと言っているが、十五年前の味と比べているんだぜ」

政五郎は間を置き、

「舌が覚えていると言ったが、少しずつ変わってきているんじゃないか。それに、『更級庵』と『千鳥庵』の蕎麦の味を、今同時に比べたら、微妙に違うんじゃないか」

と、生まれ変わりという文蔵の考えを否定した。

「うむ」

文蔵は唸り、

「前にも聞きましたが、ふたり連れの客の特徴を教えてくれませんか」

と、口にした。

「なに、ふたりを捜すのか」

「味のことをきいてみたいんです」

「驚いたな。そこまでのめり込むとは」

政五郎は呆れたが、

「ふたりとも羽織姿の五十過ぎの男だ。ひとりは細長い顔に鷲鼻、もうひとりはでっぷり肥っていた」

と、教えた。

「何かわかったら知らせます」

文蔵は引き上げて行った。

予想外の始末に、政五郎は戸惑っていた。

四

剣一郎は長屋木戸を入り、鼻緒の絵柄が描かれた腰高障子の前に立った。

「ごめん」

剣一郎は声をかけて土間に入る。

作蔵夫婦は作業の手を休めた。

「すぐ終わるので」

剣一郎は詫びた。

「へえ、だいじょうぶです」

「弥吉のことで確かめたいことがある」

剣一郎は土間に立ったまま、

「三月前、引っ越していく際、弥吉に変わった様子はなかったか」

弥吉は坪井家の屋敷への付け火を考えていたようだ。そのことに、作蔵夫婦は気づいていたか。

「変わった様子ですか。いえ、何も」

作蔵は俯いた。

「坪井さまに復讐するために、何か作戦を立てていたようなことはないか」

「いえ、ありません」

「そうか。弥吉が復讐を誓ったとして、それから三月経つ。その間、弥吉が何もしなかったとは思えない」

「おまえさん」

かみさんが真剣な面もちで声をかけた。

「………」

作蔵は厳しい顔になった。

「何かあったのか」

剣一郎はふたりの顔を交互に見た。

「先日、青柳さまがお帰りになったあとで、思いだしたことがあったんです」

作蔵は口を開いた。

「じつは、弥吉と最後に会ったとき、こんなことを言ったんです。これから違う土地に行きますが、三月後に顔を出しますと」

「三月後に顔を出す?」

「はい。どういうことだときいたのですが、はっきり口にしませんでした。それから、もし顔を出さなかったら、あの世でお久といっしょになっていると思ってくれと」

「なんと」

「それを聞いたときには、ばかなことを言っていると思ったのですが……」

「そろそろ顔を出してもいい頃だ」

「青柳さま」

作蔵は不安そうな顔で、

「今思えば、三月後に仇を打つということだったのではないかと。この三月の間はそのための準備だったのでは……。ひょっとして、弥吉は……」

と、あとの声を吞んだ。

「いや、三月後と言ったのなら、まだ決めつけるのは早い」

「そうですね。ただ、三月後というのはどういうことなのか……」

「もしかしたら……」

剣一郎はある可能性を考えた。

弥吉は坪井家の屋敷への付け火を企てていたようだ。しかし、付け火は思い止まった。母屋を狙うことが難しいと思ったか、あるいは付け火がうまくいったとしたら延焼し多大な被害をもたらす危険があると気づいて諦めたか。

いずれにしろ、復讐するなら他の方法だ。しかし、弥吉には武芸の心得はないはずだ。

そんな男が武士に立ち向かっても敵うわけはない。

復讐をするなら、匕首ぐらい使えないと……。

「やはり、三月というのは、そなたの言うように復讐のための準備期間だったのかもしれない」

この三月で、弥吉は武芸を習っているのではないか。

「弥吉は復讐をするつもりだ。顔を出すと言ったのは、復讐が成功したらということだ」

作蔵とかみさんは息を呑んだ。

「青柳さま。弥吉に復讐をやめさせたいです。弥吉にはちゃんと生きていってもらいたいんです」

「うむ。弥吉のことはわしに任せてもらおう」

剣一郎は作蔵夫婦に言う。

「どうぞ、お願いします」

作蔵夫婦の声を背中で聞いて、剣一郎は土間を出た。

その夜、夕餉を済ませて、剣一郎が居間に戻ったとき、太助がやってきた。

「今日も、弥吉の行方はわかりませんでした。坪井家のお屋敷の周辺に、弥吉らしい男は現われていません」

太助はさっそく報告する。

「そのことで、わかったことがある」

「ほんとうですか」

「それより、先に飯を食ってこい」

剣一郎は促す。

「わかりました」

太助は台所に行った。

坪井家の屋敷の周辺に弥吉らしい男が現われていないのは、まだ復讐の機が熟していないということか。それとも、もう復讐する気持ちが失せているのか。

太助が居間に戻ってきた。

「早かったな。ちゃんと食べてきたのか」

剣一郎は驚いてきいた。

「ええ。遠慮なく、お代わりをしてきました」

「そうか」

剣一郎は早食いの太助に呆れた。

「さっきの話ですけど」

と、太助は弥吉のことに触れた。

「何かわかったのですか」

「お久のふた親が、弥吉の言葉を思いだしたのだ。最後に会ったとき、三月後に顔を出すと、言っていたという」

剣一郎は説明した。

「やはり、この三月は復讐のための準備期間でしょうか」

太助は厳しい顔で言う。

「武芸を誰かから習うにしても、武士相手では三月では無理だ。ただ、匕首の扱いに馴れておくぐらいは出来るかもしれぬ」

「匕首ですか」

「ならず者の世界に身を投じ、喧嘩に明け暮れていれば、匕首を扱えるようになろう」

「武芸ではなく喧嘩のやり方を身につけるというわけですね」

「考え過ぎかもしれぬが、念のために盛り場で噂(うわさ)を聞き込んでみてくれぬか。浅草から離れたところがいい。芝か深川(ふかがわ)、あるいは神楽坂(かぐらざか)……」

「わかりました。歩き回ってみます」

太助は請け合った。

多恵がやってきて、

「京之進どのがいらっしゃいました」

と、知らせてきた。

「失礼いたします」

多恵の後ろから京之進が現われた。

腰を下ろした京之進に、剣一郎は声をかける。

「ご苦労」

「はっ」

京之進は頭を下げ、

「じつは多恵さまにお願いが」

と、口にした
「わかりました」

多恵も剣一郎の横に腰を下ろした。

「中間の一太は坪井さまのお屋敷に奉公に上がる前、浜町堀にある大名屋敷に一年ほど奉公していました。ところが、それより以前は深川の料理屋で下働きをしていたようです」

「なに、料理屋で下働き？」

「はい。そこにお町という女中がいて、当時一太と仲がよかったそうです。そのお町の特徴がお房に似ていました」

「お町は今もそこにいるのか」

「いえ。そこを辞めて、今は柳橋の船宿で女中をしています。半月ほど前、茅町一丁目の第六天神社で、お町が男と会っていたのを同じ船宿の朋輩が見ていました。その男が一太だと思われます。というのも」

京之進は続けた。

「深川の料理屋に一太がお町を訪ねてきたそうです。女将は柳橋の船宿で働いていると伝えたということです」

「なるほど、一太に間違いないな」

剣一郎は頷く。

「お町がお房かどうか、多恵さまに確かめていただきたいと思いまして」

「わかりました。それにしても、よく捜し出せましたね。で、お町さんには話をきいたのですか」

　多恵がきいた。

「それが否定しています」

「否定？」

　剣一郎は聞きとがめた。

「お房ではないと言うのか」

「はい。第六天神社で会っていた男は一太ではないと。船宿のお客さんだと言うのです。一太が深川の料理屋にお町を訪ねたと言っても、一太は現われてないと」

「そうか。ともかく、房と名乗った女と同一人物かどうか、多恵に確かめてもらうことが先決だ」

「明日さっそく」

　多恵はすぐに答えたが、

「でも、お町さんは一太さんが殺されたことをどう思っているのかしら」

　と、心配そうに呟いた。

「一太が殺されたことを伝えましたが、あまり悲しんでいるようには見えませんでした」

「そう」

多恵が不思議そうに首を傾げた。

「それでは、明日の昼前にお迎えに上がります」

京之進はそう言い、引き上げた。


翌日の昼ごろ、剣一郎は多恵、太助とともに、茅町一丁目の第六天神社の社殿の陰にいた。

やがて、京之進が二十五、六の女といっしょに鳥居をくぐってきた。

船宿の客と会っていた場所を教えてもらいたいという理由で、京之進はお町をここまで誘い出したのだ。

お町は警戒ぎみに足を止めた。額が広く、目鼻立ちもしっかりしていて、下唇が少し出ているようだ。

「どうだ？」

剣一郎は多恵にきいた。

「間違いありません。お房さんです」

多恵ははっきり口にした。

「でも、何か様子が変です」

「変？」

「どこか、おどおどして……」

「京之進に誘い出されたので警戒しているのだろう」

「それにしては、房と名乗ったときのような潑剌さが見受けられません」

「ひょっとして、脅されているのか」

剣一郎ははっとした。

「どうしましょうか」

出て行こうかと、多恵がきいた。

「いや、このまま帰したほうがいいかもしれぬ。太助」

「はい」

「さりげなく京之進の脇を通り、お町を帰すように伝えるのだ。お町には気づかれぬように」

「わかりました」

太助は鳥居に向かった。

お町と京之進は少し離れたところに立っている。

太助が京之進の脇を通り、何か囁いた。太助はそのまま鳥居を出て行った。お町は気づいていない。

京之進がお町に声をかけた。

お町は頷き、引き上げて行った。

剣一郎と多恵は京之進のところに行った。

「お房さんでした」

多恵が口にする。

「どうやら、一太との関係を喋らぬように、お町は何者かから脅されているようだ。おそらく、一太を殺した人物であろう」

「すると、今後、お町の身に万が一のことが」

京之進が心配した。

「気づかれぬように、身辺警護をするのだ」

「わかりました」

京之進は答え、

「これで、一太がお町を使って、坪井さまの悪癖を多恵さまに相談させたことは明らかと言えましょうか」

と、きいた。

「一太は坪井さまが『白河屋』の内儀のおゆうに悪心を抱いていることに気づき、なんとかしたいという思いから、多恵への相談に踏み切ったのだ。おそらく、作蔵の娘のお久が手討ちになったわけも知っていたのだろう」

「そのことで殺されたとしたら、下手人は坪井家の中に……」

京之進は用心深く言い、

「でも、そうだとしたら、どうして一太とお町のことに気づいたのでしょうか」

「やはり『田島屋』の勘兵衛かもしれぬ」

剣一郎の脳裏に勘兵衛の眠そうな顔が過った。だが、証があるわけではない。ただ、勘兵衛はお房という女のことを『白河屋』の誰かから聞いて知っていたはずだ。

「ただ、勘兵衛が一太とお町の関係に気づき、坪井家に知らせたとしても、ちょっと引っ掛かる」

「なんでしょうか」

「一太を殺す理由だ」

剣一郎は首をひねり、

「お房の訴えは、坪井さまを糾弾するというより、『白河屋』の主人夫婦の考えを改めさせようとするものだ。つまり、一太を殺さねばならない理由として少し弱い」

「確かに、坪井家にとって致命的な問題ではありませんし、否定すれば済むことです」

京之進は顔色を変え、

「では、一太殺しの下手人は別に？」

「しかし、お町が房と名乗って相談にきたのは間違いない。その背後に、一太がいることは想像に難くない。それに、お町は何者かに脅されているようだ」

「おまえさま」

多恵が呼びかけた。

「私がお町さんに会ってみます。私には房と名乗ったことは否定出来ないはずです」

「よし、任せよう」

「はい」

多恵は大きく頷いた。

五

剣一郎は第六天神社から、ひとりで田原町の『田島屋』に出向いた。

ちょうど、勘兵衛が外出するところだった。

「ちょっときたいことがあるんだが、出かけるところならば、また出直そう」

剣一郎は言う。

「いえ、少しだけなら」

そう言い、勘兵衛は先日と同じ小部屋に剣一郎を通した。

「なんでございましょうか」

勘兵衛は促した。

「そなたは、お房という女が『白河屋』の主人夫婦のことでわしの屋敷にやってきたことを知っているな」

「はい。そのことで、青柳さまのご新造(しんぞう)さまが『白河屋』にやってこられたそうで」

勘兵衛は笑みを湛えながら、

「お房という女はいい加減なことをご新造さまに告げ口したそうですね。とんでもないことです」

「お房というのは偽りの名だ。ほんとうの名を知っているか」

「いえ。知りません」

「房と名乗った女が誰かも知らないか」

「私が知るはずありません」

「お房は『白河屋』の内儀と坪井さまの関係について、かなり事情を知っているようだった。どうして、お房はそんなことを知っていたと思うか」

「青柳さま。先ほども申しましたように、お房はいい加減なことを言っているのです」

勘兵衛は口元を歪めた。

「では、なぜ、お房はそんないい加減なことを訴えにきたのか」

「さあ、私にはわかりません」

「ところで、殺された坪井家の中間、一太のことを知らなかったと言っていたな」

「見かけたことはあると思いますが」

勘兵衛は首を横に振った。

「一太は、何かの折に坪井さまと『白河屋』の内儀との関係を知ってしまった。そこで、お房に頼んで……」

「お言葉ですが」

勘兵衛は剣一郎の声を遮(さえぎ)り、

「中間風情が、殿さまに近付けるわけがありません。中間の一太は何も知らなかったはずです」

「すると、そなたは一太とお房に繋(つな)がりはないと思うのだな」

「もちろんでございます」

「お房はいい加減なことを言っているとのことだが、その中で坪井さまを貶(おとし)めるようなことも言っている」

「はい」

「なぜ、お房を見つけだして注意をしないのだ？　このままなら、またどこかで同じようなことを吹聴(ふいちょう)するやもしれぬではないか」

「…………」

「そなたのことだ。すでに、お房を見つけだしているのではないか」

「とんでもない」

「見つけだしていないのか」

「はい」

「なぜ、捜さない？　それとも、坪井さまにはお房のことを話したのか」

「いえ」

勘兵衛は困惑したような顔をした。

「なぜ、そのままにしておくのだ？」

「それはさして差し障りがないからで」

「差し障りがない？　しかし、お房の件があるから、一太殺しとの関連を奉行所としても調べるようになったのだ。さらに、わしも用人どのに話をききに行った。明らかに差し障りが出ているではないか」

「…………」

「どうなのだ？」

「坪井さまは勘定奉行になるかもしれないお方です。そのような些細(ささい)なことには動じません」

勘兵衛は言い切る。

「なぜ、勘定奉行になるかもしれないとわかるのか」

「幕閣の有力者からのお力添えがあるそうですので」

「なるほど」

剣一郎は含み笑いをし、

「坪井さまが勘定奉行になれば、そなたにもうま味があるのだろうな」

と、勘兵衛の眠そうな目を見つめた。

「私どもは鼻緒問屋です。坪井さまが勘定奉行になられようが、商売に関係ありませぬ」

「では、なぜ、そなたは坪井さまに肩入れをしているのだ?」

剣一郎は鋭くきいた。

「なりゆきでしょうか」

「そんな曖昧なものではあるまい。金か。金を貸しているのか」

「まあ、そんなところです」

「多額か」

「いえ、それほどでは……」

かなりの額を融通しているのかもしれない。

「いったい、坪井さまは金を何のために使っているのか」

「さあ、そこまではわかりかねます」

賄賂として幕閣の主立った者に使っているのではないかと想像したが、口にはせず、

「出世してくれないと、返してもらえなくなるからか」

と、言った。

「そのようなことは考えておりません」

勘兵衛は厳しい顔で否定し、

「そろそろ出かけなければなりませんので」

と、話を打ち切ろうとした。

「そうであったな。では、今日はここまでだ。また寄せてもらう」

勘兵衛を揺さぶるように言い、剣一郎は腰を上げた。

その夜、剣一郎は居間で多恵と向かい合った。

「お町さんは私のところにきて、房と名乗ったことを素直に認めました」

多恵は切り出した。

「認めたとは意外であった。もっとしらを切ると思ったが」

剣一郎は不思議に思ったが、

「やはり、そなただからだろう」

と、納得した。

それだけ、多恵のことを信頼しているのに違いない。

「で、お町はなんと?」

「四年ぶりに、一太さんが訪ねてきて頼みがあると」

「お町と一太は親しい仲だったようだが」

「そのようです。四年前、料理屋の客で、お町さんを嫁に欲しいという錺(かざり)職人が現われ、一太さんは身を引く形で武家屋敷に奉公することになったと」

「で、お町はその職人とは?」

「所帯を持つまでには至らなかったそうです」

「そうか。で、四年ぶりに現われた一太の頼みを聞いたのか」

「事情を聞いて、お町さんも『白河屋』のおゆうさんに同情したそうです。それで、私のところに」

「なぜ、そなたのところだったのだ？」

「一太さんから言われたそうです」

「一太がどうして……」

どうして多恵に相談することを勧めたのか。多恵なら相談に乗ってくれると、一太がどうして知っていたのか。

「私のところに相談に来た数日後、大柄な遊び人ふうの男が現われて、一太に頼まれて房と名乗り、相談に行ったのはおまえかと言われ、関係を問い質されたそうです」

多恵は話を続けた。

「仕方なく、そうだと答えたところ、一太のことは忘れろと言って、男は去って行った。それから一太さんが殺された。お町さんは怖くなって、誰にも言えなかったということです」

「遊び人ふうの男はお町を脅したわけではないのか」

剣一郎は確かめる。

「そのようです」

「やはり、お町はそなただからほんとうのことを言ったのだろう。で、その遊び

「大柄で、顔が長く、顎がしゃくれていたそうです」

一太のあとを歩いてきた遊び人ふうの男と同一人物かもしれないと思った。

やはり、状況からして、お町を使って多恵に相談させたことが、一太が殺された理由だろう。殺しを命じたのは、坪井家の人間だ。

しかし、またも剣一郎は疑問を覚える。やはり、一太を殺す動機としては弱い。殺すまでのことはない。

何か見落としているのか。

翌日、出仕した剣一郎は宇野清左衛門に呼ばれた。

「宇野さま。何か」

「また、あの御仁が呼んでいるのだ」

清左衛門は顔をしかめて言った。

「長谷川さまですか。ひょっとして、坪井家から何か言ってきたのでしょうか」

剣一郎は想像した。

「どであろうか」

清左衛門は仕方なさそうに立ち上がった。

内与力の詰所近くの小部屋に行くと、ほぼ同時に、長谷川四郎兵衛が厳しい顔で入ってきた。

内与力はお奉行の股肱の家来である。奉行は自分の家来を伴って着任するのだ。

「昨日、お奉行がご老中から言われたそうだ」

四郎兵衛が切り出し、

「南町奉行所与力が旗本坪井貞道さまへの中傷を真に受け、いろいろ調べている。そのために坪井家のみならず、出入りの商人も迷惑を被っている。直ちにやめさせるようにと」

と、いっきに喋った。

「ちょっとお待ちください」

剣一郎は聞きとがめ、

「お奉行は坪井さまではなく、ご老中から言われたのですか」

と、四郎兵衛の顔を見つめた。

「そうだ、お奉行はご老中の金谷飛騨守さまから注意を受けたそうだ」

「なぜ、ご老中が坪井さまのことでわざわざお奉行に……」

「決まっておる。ご老中と坪井さまは親しい関係にあるのだろう」

「それにしても、なぜ一介の旗本のことで、ご老中が……」

剣一郎は気になった。

両者は特別な関係にあるのか。坪井貞道を勘定奉行に推しているのは老中の金谷飛驒守か。坪井貞道は賄賂で金谷飛驒守と強い結びつきを持ったのかもしれない。

「お奉行のお言葉を告げる。これ以上、坪井家に関わるな」

「坪井家の中間の一太が殺されました。下手人の探索のためにも、坪井家への聞き取りが重要なのです」

剣一郎は訴える。

「町での出来事だ。坪井家と関係なく調べられるはずだ」

四郎兵衛は突き放すように言う。

「いえ、坪井家家中の者の仕業という……」

「青柳どの」

四郎兵衛は激しい口調で、

「坪井家には関わらないと、お奉行はご老中と約束をされたのだ。お奉行の立場がなくなる真似はよしていただこう」

「いくらお奉行の命令とて、事実を曲げるわけにはいきません」

剣一郎は言い返す。

「坪井家のほうは事実ではないと言っている」

「一太を殺した下手人が坪井家の中にいるかもしれません」

「いないかもしれぬではないか」

「まず、そのことをはっきりさせなければならないのです」

「ならぬ。お奉行の命令だ」

「長谷川どの」

それまで黙っていた清左衛門が口をはさんだ。

「お奉行はどこを向いて奉行職を務めておられるのか。江戸町奉行は江戸の民の平和と安全を守るのがお役目。しかし、長谷川どのの話を聞いていると、どうもご老中の顔色を窺っているように思える」

「ばかな。坪井家に疚しいことがないから、調べる必要はないと言っているのだ」

「どうして、そう言えるのか」

清左衛門は強気に出た。

「お奉行に楯突く気か」

四郎兵衛は声を震わせた。

「長谷川さま、落ち着いてください」

剣一郎は間に入った。

「お奉行のお言葉は確かに承りました。しかし、すぐに手を引くことは我らの矜持が許しません。もう一度、私が坪井家の用人どのとお話をし、そこで納得がいけば引き下がりましょう」

「用人どのと何を？」

「お互いの誤解を解きます。いかがですか。お奉行はこのことさえ罷り成らぬと仰るでしょうか」

剣一郎は詰め寄った。

「長谷川どの。青柳どのの考えを拒否されるのであれば、私は今後一切お奉行の言うことは聞かぬ」

清左衛門が居直って言う。

「なんだと」

四郎兵衛はあわてた。

清左衛門は奉行所内の一切を実質仕切っており、お奉行とて清左衛門の協力なくしては奉行職をなし遂げられない。

「今後は、お奉行は関係なく、我らだけで職務を遂行していく」

「そんなこと出来るものか。お奉行の決裁なくして何が出来るか」

四郎兵衛は言い返した。

「何も出来ますまい。しかし、そうなったら、当然お奉行の責任が問われましょう。我らは新しいお奉行がこられるまで粛々と……」

「待て」

四郎兵衛は気弱な顔になり、

「わかった、用人どのにお会いするだけだ。よいな」

と言い、立ち上がった。

「承知しました」

剣一郎は頭を下げた。

四郎兵衛は部屋を出て行った。

「お奉行の顔色ばかり窺って、困った御仁だ」

清左衛門は吐き捨てたあとで、

「しかし、用人どのに会って、それで手を引くのか」

と、きいた。

「あの用人どのは筋の通ったお方とお見受けしました。一切を打ち明けてみようかと」

「うむ。青柳どのに任せる」

「それにしても、ご老中の金谷飛騨守さまと坪井さまが親しい関係にあったことに驚きました」

「飛騨守さまには賄賂の噂がつきまとう」

「飛騨守さまとの関係についても用人どのに確かめてみたいと思います」

圧力がかかったことで、かえって用人の矢崎平左衛門に遠慮なく問いかけることが出来ると、剣一郎は前向きにとらえた。

# 第三章　復讐者

一

　剣一郎は三味線堀近くにある坪井貞道の屋敷を訪れ、前回と同じく表長屋の空（あ）いている部屋で、鬢（びん）に白いものが目立つ用人の矢崎平左衛門と差し向かいになった。

「今日は何用か」

　矢崎は口を開いた。

「じつは、うちのお奉行がご老中の金谷飛騨守さまから坪井家に関わるなと言われたそうです」

　剣一郎ははっきりと言う。

　矢崎は微（かす）かに眉根（まゆね）を寄せた。

「我らもお奉行の命令であれば従わざるを得ません。そこで、最後に矢崎どのと本音でお話ししたく、お願いに上がった次第」

　剣一郎は頭を下げ、

「まず、中間(ちゅうげん)の一太殺しについてですが、下手人(げしゅにん)の見当はついておりません。ただ、あることがわかりました」

「…………」

「一太はお町という女に、『白河屋』の内儀(おかみ)と坪井さまの危険な関係を私の屋敷に知らせに行かせました。そのときお町は房と名乗っていました」

　剣一郎は口を真一文字に結んでいる矢崎を見つめ、

「納品や集金など、いつも内儀が坪井家に出向き、そのたびに殿さまにお目通りをしていたと。内儀に間違いが起こる前になんとかしてもらいたいというのが、房と名乗った女の訴えでした」

　と説明し、さらに続けた。

「それによって、我らが坪井の殿さまのことを調べたところ、半年前にお久という女中が手討ちになっていたことがわかりました。この件は、殿さまが……」

「もうよい」

　矢崎が制した。

「そのようなことを今さら話題にして何になる。済んだことだ」

「殿さまが拒否された腹いせに手討ちにしたことをお認めになるので？」

剣一郎は確かめる。

「そうではない。証（あかし）がないことを蒸し返しても、しかたないということだ」

矢崎の言い方では、事実と認めているように感じられるが……。

「では、話を先に進めます」

剣一郎は言って、続けた。

「お町の前に遊び人ふうの男が現われ、一太との関係を問い質（ただ）されて喋（しゃべ）ってしまった。その数日後、一太が殺されました。一太は『白河屋』の内儀と坪井さまの危険な関係を私に知らせたために殺されたと解釈するしかないと思えるのですが」

「…………」

「その場合、下手人はお屋敷の中にいるということになります。ただ、この程度のことで殺しをするかという疑問が生じています」

剣一郎は間（ま）を置き、

「矢崎どののお考えをお聞かせください」

と、迫った。

「仮の話だ。一太殺しに関する背景が青柳どのの言うとおりだとしても、当家の者が一太を殺さねばならぬ理由はない。殺すことでかえってよけいな疑惑を生むだけだ」

矢崎は静かに言う。

「それなのに、一太を殺した。なぜだと思われますか。一太がそれ以上の秘密を握っていたからでしょうか」

剣一郎はさらにきく。

「一太がそれほどの秘密を握ることは、あり得ぬ」

「しかし、一太は有能で、曲がったことの嫌いな男だということでした。いずれ、若党に取り上げてもいいと仰っておいででした」

「さりとて、たかが中間だ」

矢崎は言い放つ。

「では、なぜ、一太は殺されたのでしょうか」

「別の理由ではないか。たとえば、お町という女の取り合いで、恋敵の男に殺されたのではないか」

「確かに一太はお町を好いていたようです。ですが、四年前に、一太はお町の仕合わせを考えて身を引いています。その後、最近まで一太はお町に会っていませんし」

「青柳どのの考えは？　当然、何かをお考えであろう？」

「その前に、教えてください。お久という女中の件です。お久には許嫁(いいなずけ)がいました。ですから、奉公人と密通することは考えられないのです」

「済んだことだと申したはず。蒸し返したところで何になる」

「お久の許嫁は、殿さまがお久を殺したと恨(うら)んでいるようです。このことをご存じでしたか」

「……いや」

返事まで間があった。

「その許嫁は、恨みからこのお屋敷に火を放とうとした形跡があります。そのことは思い止(とど)まったようですが、その後の許嫁の消息は不明です」

「………」

矢崎は押し黙っている。

剣一郎はおやっと思った。矢崎は弥吉のことを知っているように思えた。

「やはり、これ以上、お話ししても埒(らち)があかないようです」

剣一郎は諦(あきら)めたように言う。

すると、矢崎が声を潜め、

「『白河屋』の内儀のことだが、我が殿はその女子(おなご)に悪さはせぬ。しかしながら、妙な疑いが掛かるのは内儀にとっても不幸だ。内儀に、当屋敷へ足を向けることをやめさせたほうがよかろう」

剣一郎はまたも何か違和感を覚えた。

「内儀のおゆうや亭主の好太郎を説得したのですが、あの夫婦はお店のためということで考えを改めようとしません」

「それでも、やめさせたほうがいいだろう。殿にも悪い噂(うわさ)がつかぬうちに」

「もう来るなと、殿さまから言っていただけないのですか」

「無理だ」

矢崎は厳しい顔で首を横に振り、

「内儀の気持ちを変えさせるしかない」

と、口にした。

剣一郎ははっとした。一太の狙(ねら)いがまさに矢崎の言葉と同じだったからだ。

「失礼ですが、矢崎さまは譜代のご用人でいらっしゃいますか」

剣一郎は話題を変えた。

「そうだ。矢崎家が代々、坪井家の用人を務めている」

「では、矢崎さまのあとは？」

「わしの倅があとを継ぐ」

「確か、坪井さまはご養子だそうですね」

「うむ。十五年前に旗本真崎家の次男である貞道さまを婿養子に迎えた。当時、歳は二十六だった。五年後に先代がお亡くなりになり、家督を継がれた」

「失礼なことを伺いますが、奥方は坪井さまの行状を容認されて……」

「青柳どの。奥方は関係ない」

矢崎は剣一郎の発言を制した。しかし、その声は弱々しい。奥方は快く思っていないのだと、剣一郎は察した。

「坪井さまにご嫡男は？」

剣一郎は質問を続けた。

「今年、元服される若君がおられる」

「若君はどのようなお方でしょうか」

剣一郎はずけずけときいた。

「聡明なお方だ」

「では、坪井家は安泰ですね」

「うむ。楽しみである」

そう言ったあとで、矢崎の顔が一瞬曇ったような気がした。

剣一郎はそのことに気づかぬ振りをして、

「坪井さまとご老中の金谷飛驒守さまとの関係ですが」

と、切り出した。

「飛驒守さまからの信頼がかなり厚いようですが、なにか縁戚関係でも?」

「それはない」

「では、どういう関係で?」

「殿は飛驒守さまの信頼を得るためにいろいろ動かれていた。それが実を結んだということだ」

「信頼を得るために何を?」

剣一郎は鋭くきく。

「いろいろだ」

「その中に賄賂も？」

「…………」

「そうなのですね」

「付け届けは誰もがやっている」

矢崎は吐き捨てる。

「坪井さまは人並み以上の付け届けを？」

「…………」

返事がない。

「その金はどこから出ているのでしょうか。もしや、田原町にある鼻緒問屋『田島屋』からでは？」

「『田島屋』だけではない」

「でも、『田島屋』が一番多いのですね」

「…………」

「『田島屋』はなぜ、坪井さまに取り入ることが出来たのでしょうか」

「さあ」

「矢崎さまは、『田島屋』の主人の勘兵衛をどう見ていらっしゃいますか」

「なかなかの食わせ者だ」

矢崎は吐き捨てた。

「勘兵衛は、坪井さまの女子の好みを熟知し、何度か女子をあてがっていたのではありませんか」

剣一郎は想像を口にした。

「………」

「いかがですか」

「わからぬ」

「そのひとりにお久がいたのではないですか。お久が坪井さまに逆らったためにお手討ちになった。その後、勘兵衛が目をつけたのが『白河屋』の内儀」

「もう、そんな話をしても詮(せん)ない」

矢崎は切り捨てるように言い、

「お奉行の命令で当家とはもはや関われない青柳どのとしては、『白河屋』の内儀を説き伏せるしかあるまい。それが出来ないのであれば、白旗を掲げるということだ」

と、口にした。

まるで挑発するような言い方だ。

ふと隣の部屋との壁際にひとの気配がし、剣一郎は壁に目を向けた。

矢崎も厳しい顔で壁を見ている。

隣の部屋で、何者かが聞き耳を立てているようだ。

「青柳どの」

矢崎は声を高め、

「中間の一太を殺した下手人は当家の者ではない。匕首(あいくち)で刺されたことからしても、殺(や)ったのは侍ではない」

と、口にした。

話の流れからして、矢崎が口にしたことは唐突に思えた。壁の向こうで聞き耳を立てている人物に聞かせようとしているのか。

「実際に手を下したのはならず者でしょう。ですが」

剣一郎の言葉を遮(さえぎ)って、

「命じた者が当家にいると？」

と、矢崎が先回りをした。

「当家に、そのような者はおらぬ。当家の者が一太を殺す必要があったなら、ならず者に頼らず、自分で斬るであろう」

矢崎の目が鈍く光った。

もしや、『田島屋』の勘兵衛が、ときこうとしたが、壁の聞き耳を警戒して声を呑んだ。

「青柳どの。奉行所が当家に疑惑を向けることが、いかに見当違いかわかっていただけたかな」

矢崎は強調し、

「これ以上、当家に関わると、老中の金谷飛驒守さまにお奉行が顔向け出来なくなるのではないか」

と、続け、またも、唐突に老中の名を出した。

「来る二月十日、当家にて『梅見の宴』が開かれ、飛驒守さまをお招きする。気をつけるがよい」

矢崎の発言に、剣一郎は戸惑うことが多々あった。だが、矢崎は伝えたいことがあるのではないかと気づいた。

そういうとらえ方をすると、矢崎の言葉が貴重なものになってきた。

「矢崎どの。よくわかりました」

剣一郎は大きな声で言ったあと、

「なぜ一太が殺されたのか、そのわけに想像がつきそうです」

と、声を潜めて言った。

矢崎は何も言わなかった。ただ、矢崎は何か屈託を抱えているように思えた。

坪井の振る舞いについてだ。

剣一郎は礼を言い、立ち上がった。

「失礼」

矢崎に言い、剣一郎は素早く土間に駆け下り、戸を開けた。

隣の部屋から、大柄な武士が出て行った。

近習（きんじゅ）の高槻弥太郎だ。先日も、矢崎と会っていたとき、近くに来ていた。

背後に、矢崎が立った。

「どうやら、隣で聞き耳を立てていたのは高槻どのだったようですね」

剣一郎は矢崎にきいた。

矢崎は厳しい顔で高槻が去って行く背中を見つめている。

「あの高槻どのは殿さまの腹心。矢崎どの以上に、信頼の厚いお方なのでしょうね」

剣一郎がきくと、矢崎は微かに頷いた。

「今日お伺いしたことは、いろいろ示唆に富んでおり、ありがたく拝聴いたしました。これから、お伺いしたことをしっかり吟味して、真実を探りたいと思います。では」

剣一郎は別れの挨拶をして、門に向かいかけた。

「青柳どの」

矢崎が呼び止めた。

剣一郎は振り返った。

「いや、なんでもない」

矢崎は首を横に振った。

「矢崎どのはどうか自重なさってください。あとは私に任せて」

剣一郎は小声でいっきに言い、矢崎の前から離れた。


屋敷を出て、剣一郎は矢崎の言葉を反芻した。その中で、気になったことがいくつかあった。

まず、何度か『白河屋』の内儀を説き伏せるしかないと言った。これには、なんとか説き伏せて欲しいという願いが込められているように思えた。

一太がお町に言わせたことと同じだ。つまり、矢崎が一太に頼んだのではないか。そう考えれば、一太が殺された理由がわかる。矢崎に対する牽制だ。

それから、当家の者が一太を殺す必要があったなら、ならず者に頼らず、自分で斬るであろうと。これは、ならず者を雇ったのは『田島屋』勘兵衛だと言っているのだ。

だが、もうひとつ、老中の金谷飛騨守のことを唐突に口にした。ことに、『梅見の宴』についてだ。

このことが何か大事なような気がするが、それが何かまだわからなかった。


奉行所に戻った剣一郎は、同心詰所に顔を出し、植村京之進が引き上げてきたら顔を出すようにと言付けて与力部屋に落ち着いた。

用人の矢崎は剣一郎の問いかけにまともに答えていないが、剣一郎に何かを伝えようとしているのだと、今は悟った。

譜代の用人である矢崎は、現当主の坪井貞道の所業を認めていないようだ。しかし、あからさまに批判をすると、矢崎家の存続に関わってくる。矢崎だけの進退に留まらず、矢崎家を用人から外すという制裁を、貞道がしかねない。

だから、矢崎は陰で動かざるを得なかった。そのひとつが一太に命じたことだ。おそらく、一太は貞道の所業に気づいて憤慨していたのではないか。矢崎はその一太を使って『白河屋』の主人夫婦に注意を与えようとしたのだ。

あの一太殺しは、矢崎に対する警告なのだ。

剣一郎はそう解釈した。しかし、そこまでして『白河屋』のおゆうにこだわる理由は何なのか。

夕七つ（午後四時）近くになって、京之進が与力部屋にやってきた。

「青柳さま、お呼びで」

京之進が声をかけた。

「うむ」

剣一郎は京之進と向き合うと、

「一太を殺したならず者を雇ったのは、田島屋勘兵衛の可能性がある」

「田島屋勘兵衛が」

「そうだ」

剣一郎は坪井家の用人矢崎平左衛門とのやりとりを話し、

「一太殺しは矢崎どのへの警告だ。坪井家の誰かが勘兵衛に命じたか、勘兵衛自身の判断かはわからぬが」

「わかりました。勘兵衛の身辺を探ってみます」

京之進は委細を承知して下がった。

剣一郎は再び、矢崎とのやりとりを反芻していた。

## 二

朝湯を出てから、政五郎は『千鳥庵』に寄った。

今日も春の陽差し（ひざし）が柔らかい。

酒をちびりちびりと呑みながら、先日の文蔵の話を思いだす。

十五年前まで芝にあった『更級庵』と『千鳥庵』は仲むつまじい夫婦がやっているというだけでなく、味が同じだと言っていた。

ほんとうに十五年前の味を舌が覚えているのかと疑問を持った。いくらうまかったとはいえ、その後、いろいろなものを食べていくうちに、味の記憶が少しずつ変化していくのではないか。そう思ったのだが、ふたり連れの客も、まったく同じことを言っていたのだ。

文蔵だけなら錯覚ということで済ませられるが、他にもふたりが同じ味だと言った。

『更級庵』の夫婦は殺された。内儀は千鳥文の着物を着て、夫婦円満なふたりだった。『千鳥庵』の夫婦はその生まれ変わりのような気がしてきた。蕎麦の味まで同じです」

文蔵は興奮して、そう言ったが、生まれ変わりなどあるはずない。そう思いつつも、政五郎は奇妙な気分になっていた。

ちょうど他に客がいなくなったので、政五郎は亭主の磯吉を呼んだ。

「すまない」

呼びつけたことを詫びて、

「先日、俺といっしょにきた『め組』の頭取の文蔵は俺以上に味にうるさくてな、蕎麦も大好きな男だ」

政五郎はそう前置きして、

「その文蔵が十五年前まで芝にあった『更級庵』の蕎麦と同じ味だと言っていた。同じ味になったのは偶然なのか」

と、きいた。

「はい。頭取にきかれましたが、私は『更級庵』など知りません。ですから、『更級庵』の味がどんなものかも知らないので何とも言えませんが、味が似ていると感じられただけではないでしょうか」

磯吉は冷静に答えた。

「俺もそう思うんだが、ほら、ふたり連れの客も同じことを言っていたではないか。だから気になってな」

「もし、ほんとうに同じ味だとしたら驚きです」

「たとえば、師匠が同じだとか」

「さあ」

「じつは、『更級庵』の内儀さんは千鳥文の着物を着ていたそうだ。ここの暖簾は千鳥文。そういったことからも、文蔵は『更級庵』の生まれ変わりではないかと言い出してな」

「ご冗談を」

磯吉は微笑んだが、目は笑っていない。

ふと板場のほうを見たとき、手伝いの年寄りが顔を覗かせていた。顔に皺が多く、五十近くに見えるが、ほんとうはもう少し若いのかもしれない。

「磯吉さん」

政五郎は小声で、

「あのひと、おまえさんたちとどういう関係なんだね」

と、きいた。

「この店をはじめるときにいろいろ手伝ってもらったひとです」

「いろいろとは？」

政五郎はしつこくきいた。

「若い頃は夜鳴き蕎麦の屋台を曳いていて、いつか店を持ちたいと思っていたこともあったそうです。それで、店を持つにあたりいろいろ助言をしてもらいました。この場所に居抜きの家を見つけてくれたのも佐平さんです。それで、そのままお店で働いてもらっています」

「佐平さんと言うのか」

「はい、そうです」

「歳はいくつなんだね」

「四十半ばです。佐平さんが何か」

磯吉は不審そうにきいた。

「いや、なんでもない」

政五郎は首を横に振って、

「あの暖簾の千鳥文は誰の考えだったたんだね」

と、きいた。

「………」

「ひょっとして、佐平さんの考えでは？」

なんとなく、そんな感じがして確かめた。

「……いえ」

磯吉は否定したが、歯切れが悪かった。

戸が開いて、新しい客が入ってきた。

「親方、では」

磯吉は挨拶をし、板場に戻った。

「生まれ変わりか」

政五郎は何気なく呟き、やがて真剣な顔に変わっていった。

昼過ぎに、政五郎は芝の『め組』の頭取文蔵のもとを訪れた。

「急に思い立ってきてしまった」

客間で向かい合い、政五郎はいきなりの訪問を詫びた。

「あっしから訪ねようと思っていたんで、ちょうどよかった」

文蔵は笑みを浮かべた。

「ほう、なんだい？」

「例のふたり連れの客の正体がわかったんです」

「誰なんだ？」

政五郎は身を乗り出した。

「ひとりは食べ物の番付を出している版元の主人、もうひとりは食い道楽で食に詳しい文化人です」

「捜したのか」

「見当をつけて、版元に当たったら図星でした。政五郎さんは十五年前の味を覚えているわけがないと言いましたが、ふたりとも『千鳥庵』の蕎麦の味は『更級庵』の味と同じだと言っていました」

「うむ。わかった。同じ味に違いない」

政五郎は素直に応じる。

「わかってくれたのですか」

「ああ。それに、生まれ変わりということも」

「生まれ変わり？」

文蔵は不思議そうな顔をした。

「『千鳥庵』は『更級庵』の生まれ変わりだと言ったろう」

「しかし、政五郎さんは歯牙にもかけなかったではないですか」

「考えが変わった」

「変わった？　いったい何があったんですか？」

文蔵はきいた。

「その前にききたい」

政五郎は真顔になって、

「『更級庵』の主人夫婦は殺されたということだが、亭主はいくつだったのだ？」

「三十四、五だったと思います」

「生きていれば、五十ぐらいだな」

「うむ」

文蔵は訝しげな表情を向けた。

「『更級庵』は夫婦ふたりでやっていたのか。手伝う者はいなかったのか」

政五郎は構わずきく。

「いませんでした。夫婦ふたりきりです」

「弟子のような者はいなかったのか」

「いません」

「兄弟はどうだ？」

「兄弟？」

「弟だ」

「そういえば、お弔いのとき、身内らしき男がいたようです」

文蔵は思いだして言う。

「いたのだな」

「思いだしました。弟だったかもしれない。挨拶した覚えがあります」

「名前は覚えていないか」

「名前？　聞いたと思いますが」

文蔵は首をひねった。

「『更級庵』の主人の名を覚えているか」

政五郎は畳みかけるようにきく。

「確か佐市……」

「弟も佐がつくんじゃないか。たとえば、佐平とか」

「佐平……。そうだ、佐平さんだ。うちの鳶の者と同じ名だった」

「そうか」

政五郎は厳しい顔になった。

「どうしたんですか」

文蔵がきいた。

「生まれ変わりだよ」

「………」

「『千鳥庵』に手伝いの年寄りがいたのを覚えているか」

「そういえば、板場に誰かいましたね」

「佐平という名だそうだ」

「佐平？」

「佐市の弟だ」

政五郎は手応えを感じて言う。

「『千鳥庵』にいる佐平さんは佐市の弟だと言うんですか」

文蔵は驚いたようにきく。

「そうだ。そう考えれば、生まれ変わりの説明がつく」

「…………」

「佐平は『更級庵』の味、つまり兄佐市の蕎麦の味を復活させようとして、『千鳥庵』に肩入れをしているのだ」

政五郎は興奮して続ける。

「これは俺の勝手な想像だ。佐平は兄の味を覚えていた。だが、佐平の狙いは『更級庵』を蘇らせることだ。そこで、知り合った磯吉、お清夫婦に『更級庵』の復活を託した。暖簾に千鳥文を使ったのも『更級庵』の内儀がいつも千鳥文の着物を着ていたからだ」

「確かに、そう言われたらそのように思えてくる。だが、そうだとしたら、なぜ、そのことを隠すのでしょう」

文蔵が反論した。

「『千鳥庵』の夫婦は『更級庵』を知らないとはっきり答えている。『更級庵』を復活させたいなら、隠す必要はないと思いますが」

「『更級庵』を復活させたいと思っているのは佐平だけで、磯吉とお清には関係ない。だからふたりにそのことを知らせてないのだ」

「だが、佐平は『更級庵』の味を伝授し、千鳥文を使わせているのです。だったら、そのわけを理解してもらったほうが、磯吉夫婦も納得するでしょう」

「まあ、確かに」

文蔵の指摘に、政五郎は返事に窮した。

そして、苦し紛れに思いつきを口にした。

「ただ、俺が気になっているのは、『更級庵』の主人夫婦が殺されているってことだ。縁起が悪いから、佐平は『更級庵』のことを磯吉夫婦に言わずにいるのではないかと……」

政五郎は最後の言葉を切った。

文蔵が深刻そうな顔をしていたからだ。

「どうしたんだ?」

政五郎はきいた。

「そのことなんですが」

文蔵はおもむろに言う。

「そのこととは？」

「『更級庵』の主人夫婦が殺されたことです」

文蔵は切り出した。

「殺したのは旗本真崎源吾さまの奉公人です。十日後に自害しました」

「うむ。ひどい話だ。だから、佐平は磯吉夫婦に黙っていたのではないか」

政五郎は不快そうに顔をしかめた。

「じつは、当時、その話に裏があったんです」

「裏？」

「裏というより、噂か」

「どんな噂だ？」

「『更級庵』に客として出入りをしていたのは、真崎源吾さまの奉公人だけでなく、次男の松次郎もいっしょだった」

「松次郎？」

「当時、歳は二十六。部屋住みで燻っていた男です。この松次郎と奉公人がよく『更級庵』に行っていた」

「まさか、内儀に懸想をしてたのは奉公人ではなく、真崎松次郎だと？」

「そうです。松次郎に言い寄られて困っていると、内儀は周囲に訴えていたという」

「夫婦を殺したのは、ほんとうは松次郎だと？」

「証はありません。だが、状況からして、誰もがそう思っていた。なにしろ、松次郎は傲岸で、気に入らないとすぐ腹を立てていました。あっしから見たら、品性は下劣でした。ところが、奉公人が罪を認めて自害したんです」

文蔵は口元を歪め、

「奉行所も奉公人の犯行とし、事件は決着しました。周囲は不審を持っていたのですが、いかんともし難い」

と、吐き捨てた。

「その松次郎はどうした？」

「しばらくして、他家に婿養子に入りました。自分の家より禄高の多い旗本です」

「ちなみに、どこに？」

「坪井家です」

「坪井家……。おまえさんも、松次郎が夫婦を殺したと思っているのか」

政五郎は確かめた。

「松次郎が奉公人に命じて殺させたとも考えられます。なにしろ、その奉公人は自害しているのですから。疚しいことがなければ死ぬことはないでしょうし……」

文蔵は実際に手を下したのは奉公人だと見ているようだ。

だが、政五郎は疑問を持った。

「いくら殿さまの悴とはいえ、部屋住みの松次郎の命を受けて、ひと殺しをするだろうか」

「現に、奉公人は自害をしています」

「ほんとうに、自害だったのか」

「……………」

「松次郎が自害に見せ掛けて奉公人を殺したとは考えられないのか。夫婦を殺すような男だ。それぐらいしそうではないか」

政五郎は大胆に言った。

「しかし、奉行所の同心の調べで、奉公人は自害したということになったのです」

「そうか」

なにかしっくりしなかった。

「政五郎さん」

いきなり、文蔵が改まった。

「いろいろ言いましたが、じつはあることが気になっているんです」

「気になっている？　なんだ？」

政五郎は身を乗り出した。

「松次郎の養子先の坪井家はどこにあるか知っていますか」

文蔵がきいた。

「坪井家は三味線堀の近くだ」

政五郎は、町火消し『ほ組』の頭として、受け持つ地域をくまなく歩き回ってきた。武家地も歩いており、屋敷の主のことも耳にした。

「どうですか？」

文蔵がきいた。

「何がだ？」

「気がつきませんか。『千鳥庵』はどこにあるのか」

「元鳥越町……。あっ」

政五郎は叫んだ。

「そうです。『千鳥庵』は松次郎がいる坪井家の近くなんです。『更級庵』も芝の松次郎の実家の近くにあった」

「どういうことだ？」

政五郎は胸が騒いだ。

「『千鳥庵』が店を開いたのは三年前。開店に当たっては佐平さんがいろいろ相談に乗ったということでしたね。あの場所も佐平さんが勧めたのではないですか」

「そうだ。佐平が居抜きの家を見つけてくれたと、磯吉は言っていた」

「やはり、そうですか」

文蔵は間を置いて、続けた。

「佐平さんは坪井家の屋敷が近くにあることを知っていたのか、知らなかったのか。いや、知っていたのではないでしょうか。坪井家の近くに、あえて『千鳥庵』を開かせたとは考えられませんか」

「うむ」

　思わず、政五郎は唸った。

「佐平は兄夫婦を殺したのは松次郎だと思っているのだろうか」

「当時は皆そう思っていました。佐平さんが佐市の弟だとしたら、当然そうだと思います」

　文蔵は暗い顔になり、

「佐平さんは何のために坪井家の近くに『千鳥庵』を作ったのか」

と、口にした。

「まさか、復讐しようとしているのでは?」

　政五郎は思わず叫んだ。

「今になって十五年前の復讐を企てるとは思えない」

　文蔵は否定した。

「佐平には大きな目的がふたつあった。ひとつは兄の蕎麦の味を復活させることと。つまり、『更級庵』を復活させることだ。そのために、佐平は信州の各地に修業に行き、兄の編み出した味を再現しようとした。あの味が再現できるまでかなりの歳月がかかった。そして、江戸に出て夜鳴き蕎麦からはじめた。そんなとき、同じ夜鳴き蕎麦屋をしていた磯吉と出会ったのだ」

政五郎は勝手に想像を膨らませた。

「磯吉はお清とふたりでお店を持つ夢を持っていた。佐平は『更級庵』を復活させる夢をふたりに託した。そして『千鳥庵』を開店させ、商売をしながら佐平は磯吉に兄の編み出した味を伝授していったのではないか」

「…………」

文蔵は黙って聞いていた。

「俺たちが食べた蕎麦は佐平と磯吉のどちらが打ったのかわからないが、磯吉が兄の味を出せるようになったら、佐平はもうひとつの目的に向かうのだ。それが、兄の復讐だ」

政五郎は興奮して言った。

「だが、佐平さんに何が出来る?」

文蔵が冷静に口にした。

「佐平さんは四十半ばの蕎麦職人です。屋敷に乗り込んで坪井家の当主となった松次郎を殺せるか。そんなことが出来るのでしょうか」

「確かに難しいな」

政五郎は素直に認める。

「ほとんど不可能です」

文蔵は言い切った。

「じゃあ、なぜ、佐平は坪井家の近くに店を開かせたのだ？」

政五郎は憤然ときいた。

「わかりません。思い切って佐平さんにきくしかないでしょう」

「正直に答えるだろうか」

しかし、それしかないと、政五郎は思った。

三

昼過ぎにしとしとと降った春雨も止み、夕方になって、剣一郎は茅町一丁目にある小間物屋『白河屋』の前にやってきた。客の出入りは多い。繁盛しているようだ。

剣一郎は編笠（あみがさ）をとり、店先に立つ。

店にいた三十歳ぐらいの男が遠慮がちにおそるおそる近寄ってきた。

「青柳さまで」

「亭主の好太郎だな」

剣一郎は確かめる。

「はい、さようで」

好太郎はあわてて頭を下げた。

「内儀のおゆうはいるか」

「今、出かけております。直に帰ってくると思いますが」

「そうか」

「ご新造さまにはいろいろご心配をいただいて……」

「いや」

「どういたしましょうか」

「いや、そなたでいい。ちょっとききたいことがある」

「はい。少々お待ちを」

好太郎は番頭にあとのことを託し、

「外でよろしいでしょうか」

と、きいた。

ふたりは外に出た。春とはいえ、夕方になると肌寒くなった。

数軒離れた場所に、空き地があった。

好太郎はその前で立ち止まって振り返った。

「なんでしょうか」

好太郎は警戒ぎみにきいた。

「二月十日に坪井さまのお屋敷で『梅見の宴』が開かれるそうだが、聞いているか」

剣一郎は好太郎の顔を見つめる。

「はい。聞いております」

好太郎は素直に頷く。

「そなたたちも招かれているのか」

「いえ」

「おゆうも招かれていないのだな」

「いえ、おゆうは……」

好太郎は言葉を切ったが、すぐに続けた。

「手伝いのために呼ばれています」

「手伝い？」

剣一郎はきき返す。

「お客さまの接待だそうで。なんでも、大事なお客さまがいらっしゃるとかで」

好太郎は答える。

「なぜ、おゆうが接待に駆り出されるのだ？」

剣一郎は突っ込んできいた。

「お得意さまですので」

「大事な客が誰か聞いているか」

「いえ」

好太郎は首を横に振った。

「なぜ、おゆうはそこまでしなければならぬのだ？」

剣一郎はきいた。

「お得意さまですので」

好太郎は苦しそうに同じことを言う。

「おゆうが坪井さまのお屋敷に頻繁（ひんぱん）に行っていることを心配している者がいる。そのことは承知だな」

「はい」

「そなたもおゆうも了解してのことだと聞いているが、わしも好ましいこととは思っていない」

　剣一郎は口に出した。

「私たちの問題ですので」

　好太郎は厳しい顔になった。

「そうかもしれぬが、おかしいとは思わぬか」

「なにがでしょうか」

「坪井さまに呼びつけられることはまだしも、なぜおゆうが接待に駆り出されなければならないのだ」

　剣一郎は鋭くきいた。

「それは人手が足りないからでは」

「人手ぐらい、どうにでもなろう」

「………」

「わしがきいている客とは、ご老中の金谷飛騨守さまだ」

「ご老中？」

好太郎は驚いたように目を見開いた。

「おゆうは飛騨守さまの接待をさせられるのだろう」

「………」

「なぜ、おゆうなのだ？」

剣一郎は鋭くきく。

背後に足音がした。
二十七、八の美しい女が小走りにやってきた。おゆうだ。
「番頭さんから聞いて……」

おゆうが説明した。

「おゆう、青柳さまだ」

好太郎が言う。

「青柳さま」

おゆうが会釈をする。

「おゆうか。うちの奴がいろいろ厄介をかけたようだが、勘弁してもらおう」

「いえ、とんでもないことです。多恵さまにはいろいろ気を使っていただいて」

おゆうはあわてて答える。

「今も話していたのだが、そなたは二月十日に坪井さまのお屋敷で開かれる『梅見の宴』に手伝いで行くということだが」

「はい」

「大事な客の接待の役目を仰せつかったということだが、客の名は聞いているのか」

「いえ。聞いておりません」

おゆうは答えて、

「そのことが何か」

と、きいてきた。

「客はご老中の金谷飛驒守さまだそうだ」

好太郎が口を出した。

「ご老中？」

おゆうは不思議そうな顔をした。

「そうだ。坪井さまは『梅見の宴』に飛驒守さまをお招きになっている。いや、ほんとうは、飛驒守さまをお招きするために『梅見の宴』を開くことにしたのかもしれない」

剣一郎ははっきりと言った。

おゆうは何か言おうとしたが、すぐ口を閉ざした。

「坪井さまは、飛騨守さまの接待に、なぜそなたを選んだのか」

剣一郎は疑問を投げかけた。

「確かに、そなたのような美しい女子に接待されたら男は楽しいだろう。だが、そなたは人妻だ」

「青柳さま」

おゆうは反論するように、

「単なる世話係でしょうから、それほど深刻に考えるほどのことではありません」

と、はっきりと言った。

「そうかな」

剣一郎は好太郎とおゆうを交互に見て、

「どこまで接待するのか考えてみるのだ」

と、言う。

「どこまで？」

好太郎が不安そうにきいた。

「坪井さまは、飛騨守さまの後ろ楯を得て、出世しようとなさっているようだ。飛騨守さまのためならなんでもするだろう」

「………」

「そなたたちは否定するだろうが、坪井さまはそなたたちを利用しているのかもしれない。もし、飛騨守さまがそなたを気に入ったらどうなるか。そこまでよく考えるのだ」

好太郎は顔色を変えた。

おゆうも啞然(あぜん)とした。

「もし何かあればわしのところに来い。邪魔をした」

剣一郎はふたりに挨拶をして引き上げた。


浅草橋に差しかかったとき、橋を渡ってくる政五郎に気づいた。

「これは青柳さま」

政五郎は立ち止まって会釈をした。

「出かけていたのか」

「はい。芝からの帰りです。『め組』の文蔵のところに」

そう言ったあとで、政五郎ははっと気づいたように、

「青柳さまは、今お忙しいでしょうか」

と、きいた。

「いや、構わぬが」

「ちょっと、聞いていただきたいことが」

政五郎は眉を顰(ひそ)めながら、

「ほんとうなら、『千鳥庵』でと思ったのですが、話が『千鳥庵』のことですので」

と、言った。

「『千鳥庵』のこと？」

剣一郎は不審そうに見て、

「そなたの家に行ってもいいが、かみさんに気を使わせては申し訳ない」

「いえ、うちのは青柳さまに来ていただければ大喜びです。昔から、青柳さま贔屓(びいき)ですから」

政五郎は言い、

「では、どうか私の家に」

と、勧めた。


それから四半刻（三十分）後、剣一郎は政五郎の家で、かみさんの歓迎を受けてから、ようやく政五郎と差し向かいになった。

「何からお話ししたらいいのか」

政五郎は迷っていたが、

「端的にまとめて話します」

と、切り出した。

「十五年前まで芝露月町に『更級庵』という仲のいい夫婦がやっていた蕎麦屋がありました。ここの蕎麦の味が独特でとてもうまかったそうです。ところが、この夫婦は内儀に横恋慕をした男に斬殺されてしまったんです。下手人の男は十日後、自害して果てました」

政五郎は続ける。

「自害したのは旗本真崎源吾さまの奉公人ですが、『更級庵』の内儀に言い寄っていたのは実は次男の真崎松次郎だったのです。松次郎が奉公人に罪をなすりつけたという噂があったそうです。この松次郎はその年に他家に婿養子に行っています」

「婿養子？」

剣一郎はあることを想像して確かめようかと思ったが、最後まで話を聞くことにした。

「『更級庵』の内儀は千鳥文の着物を着ていたそうですが、『千鳥庵』では暖簾が千鳥文。似ているのはそれだけではありません。蕎麦の味が同じなんです」

それを聞いたのは『め組』の文蔵からだと、政五郎はその経緯を話した。

「『更級庵』の亭主には佐平という弟がいたそうです。『千鳥庵』に手伝いの年寄りがいますが、あの男の名は佐平とのこと。本人に確かめたわけではありませんが、おそらく『更級庵』の亭主の弟だと思います」

政五郎は息継ぎをし、

「これは私の想像ですが、佐平は信州の各地を旅し、兄が修業した道を辿って兄が創り出した味を再現することが出来たのではないかと。それで、佐平は『更級庵』を復活させようとした。それが『千鳥庵』です」

と、言い切る。

政五郎は大きく息を吐き、間をとってから、

「ここまでの話なら、兄を尊敬していた佐平の美談として語ることが出来るのですが、ここにある事実が」

と、続けた。

「『更級庵』の内儀に言い寄っていた真崎松次郎の養子先は、旗本坪井家です」

「なに、坪井家」

剣一郎は思わず驚きの声を発した。

「『千鳥庵』を元鳥越町に開くことを決めたのは、佐平だそうです。妙に思いませんか。佐平は松次郎が当主となった坪井家の屋敷の近くに『千鳥庵』を作ったのです。偶然だと思えません」

「坪井貞道さまが真崎松次郎だというのは間違いないのか」

「文蔵はそう言ってました。間違いないと思います。青柳さま」

政五郎は真顔になって、

「私は何だか落ち着かないんですよ。佐平は復讐など考えてはいないと思いますが、仮にそうだとしても、佐平に松次郎を討てるはずありません。返り討ちに遭うのが落ちです」

「奉行所は、『更級庵』の主人夫婦殺しの下手人は真崎家の奉公人としたのだな」

「そうです。それも、奉公人が自害したからです。良心の呵責から自害したということになったようです。でも、違います」

「わかった。当時のことを調べてみよう」

「お願いいたします」

剣一郎はふと、用人の矢崎平左衛門はこの事件のことも知っているのではないかと思った。

四

翌朝、出仕した剣一郎はさっそく十五年前の事件の御仕置裁許帳を調べた。

十五年前の十一月十日夜、芝露月町にある『更級庵』に、旗本真崎家の若党赤城純平が押し入り、夫婦を斬殺。十日後、増上寺の裏手にて赤城純平が刀で喉をついて自害したことが記されていた。

当然ながら、真崎松次郎のことには触れられていない。

掛かりの同心は益田嘉兵衛。嘉兵衛は五年前に病没していた。

だが当時、益田嘉兵衛が手札を与えていた岡っ引きの六郎が、今は隠居をし、宇田川町で荒物屋をやっていることがわかった。

剣一郎は宇田川町に六郎を訪ねた。

小さな店だが、雑貨が豊富に並んでいた。店番をしていた五十半ばぐらいの頭髪の薄い男が六郎だった。

「青柳さまではありませんか」

驚いたように、六郎は立ち上がった。

「六郎。久しぶりだ」

剣一郎は声をかける。

何度か、六郎と会ったことがある。

「へえ。岡っ引きをやめて八年になります」

そう答えてから、

「青柳さま。あっしに何か」

「十五年前に芝露月町の『更級庵』で起きた夫婦殺しについてききたいのだ。掛かりだった益田嘉兵衛がいないものでな」

「益田の旦那には世話になりました」

六郎は目をしょぼつかせてから、

「狭いところですが、お上がりください」

と、誘った。

そして、小僧に店番を頼んで、六郎は剣一郎を内庭に面した部屋に通した。

「今、茶をいれます」

六郎は湯呑みを用意した。

「構わぬ」

「あっしが飲みたいので」

六郎は長火鉢で湯気を立てている鉄瓶から急須に湯を注いだ。

「どうぞ」

ふたつの湯呑みのひとつを剣一郎の前に置いた。

「すまぬ」

剣一郎は湯呑みを摑んで一口すすってから、

「おかみさんは出かけているのか」

と、きいた。

「いえ。去年、あっしを残してあっちの世に行ってしまいました」

「なに、去年……。そうだったのか」

「風邪をこじらせて」

「それは寂しいな」

「へえ。でも、ときたま娘夫婦が孫を連れて来てくれますので」

「孫がいるのか」

「へえ、男の子がふたり」

「それは頼もしい」

「あっ、すみません。あっしのことばかり。で、『更級庵』のことですね」

六郎は厳しい顔つきになって言った。

「うむ」

「事件の発端から話してくれ」

「わかりました。あの事件はいまだに鮮明に覚えています」

六郎は畏まって話しだした。

「『更級庵』は気のいい亭主と美人のおかみさんの夫婦ふたりでやっている蕎麦屋で、うまい蕎麦を食わせると評判でした。亭主の歳は三十五、おかみさんは二十七、八でした」

六郎は息継ぎをし、

「十一月十一日の朝、四つ（午前十時）になっても店の戸が閉まったままなのを不審に思った近所の者が訪れて、家の中で死んでいたふたりを見つけて、事件が発覚しました。あっしは益田の旦那と現場に行きましたが、ふたりは刀で斬殺されていました。検死から、殺されたのは前夜の五つ（午後八時）から九つ（午前零時）ごろ」

六郎はそのときの光景を思いだしたように顔をしかめ、

「前夜、『更級庵』に押し入った賊を見た者はいません。ですが、真崎松次郎と赤城純平のふたりが、たびたび『更級庵』を訪れ、松次郎が内儀に執拗に迫っていたことを常連客は知っていました。もちろん、素行の悪い浪人たちも洗いましたが、疑いは真崎松次郎に向かいました。というのも」

六郎は息を継ぎ、

「内儀が松次郎に、もうこないでくださいときっぱりと拒んだそうです。そのとき、松次郎は激しく体を震わせていたというのです。事件が起きたのは翌日の夜でした。松次郎は力尽くで内儀をものにしようとして押し入り、またも激しく拒まれ、かっとなって刀を抜いたと考えたのです」

剣一郎は黙って聞いていた。

「それで、松次郎から事情を聞くべく、真崎家にお伺いをたてていたときに、増上寺の裏手で赤城純平が喉を掻き切って死んでいたのです。事件から十日後のことでした。『更級庵』の内儀に懸想をしていた赤城純平は、拒まれた腹いせに夫婦を斬ったと、松次郎があっしらに説明しました。死ぬ前に、松次郎に告白したと言うんです。そんなはずはありません。内儀に懸想をしていたのは松次郎なのですから。でも」

六郎はため息をつき、

「しかし、赤城純平も内儀に懸想をしていたと言われ、それを打ち消す証もなく、第一に赤城純平が自害していることから、松次郎の言い分を受け入れるしかなかったのです」

「赤城純平はほんとうに自害だったのか」

剣一郎ははじめて口をきいた。

「益田の旦那は疑問を持っていました。自分で喉を掻き切ったにしては刃の当たる位置がおかしいと。喉の傷は真横に一直線ではなく、刃が上向きに食い込んでいる。何者かが背後から抱え込むようにして、赤城純平の喉を掻き切ったかのようだと」

「なるほど。益田嘉兵衛はそこまで考えていたのか」

「はい。ですが、数日後に突然、益田の旦那は、赤城純平の喉の傷は自分でやったとして矛盾はないと言い出したんです」

「なに、益田嘉兵衛は自分の見立てを変えたのか」

剣一郎は驚いてきき返した。

「そうです。あっしは意外でした。それで、旦那にきいたんです。松次郎が赤城純平を自害に見せ掛けて殺したんじゃないですかと。そうしたら、赤城純平は自害に間違いないと、言い切ったんです」

「なぜだろう?」

「何かあったんです」

「何があったと思うのだ?」

「松次郎か、真崎家の誰かから頼まれたのではないかと」

「そう思う根拠は何かあるか」

「しいて言うなら、それからしばらくして、松次郎は婿養子に行っているんです。もし、松次郎が下手人ということになったら、養子の話が吹っ飛んでしまいます。だから、真崎家が松次郎を守るために、益田の旦那に働きかけたんじゃないかと」

「そのことを、嘉兵衛にきいてみたか」

　剣一郎は確かめる。

「いえ。きけるような雰囲気ではなかったので」

「そうか」

「赤城純平が『更級庵』の夫婦を殺した末に自害したということで事件が決着したあと、『更級庵』の常連客から、おかしいと文句を言われましたよ」

　六郎は苦笑した。

「なるほど。事情はよくわかった」

　剣一郎は言ってから、

「殺された『更級庵』の亭主に弟がいたそうだが」

と、きいた。

「ええ、おりました」

「名を覚えているか」

「いえ、聞いたはずですが、覚えていません」

「佐平だ」

「佐平……。そうです、そんな名でした」

六郎は思いだしたようだ。

「佐平も、真崎松次郎の仕業（しわざ）だと思っていたのか」

「ええ、松次郎に違いないと。あっしが、赤城純平の仕業ということになったと告げると、そうじゃない、松次郎だと悔しがっていました」

「そうか」

「青柳さま。なんで、このことを今頃になって？」

六郎は不思議そうな顔をした。

「『更級庵』の蕎麦を食べたことがあるか」

「あります」

「どうだった？」

「うまかったです。でも、あっしは『藪（やぶ）』のほうが好きですね」

「なるほど」

好みはひとによって違うのだと、剣一郎は苦笑した。

「じつは、元鳥越町に『千鳥庵』という蕎麦屋が三年前に出来た。『め組』の頭取の文蔵は『千鳥庵』の蕎麦を食べて、『更級庵』の蕎麦と同じ味だと言ったそうだ」

「同じ味？」

「じつは『千鳥庵』は若い夫婦がやっているが、手伝いの男がいる。佐平という名だ」

「佐平？」

六郎は目を剝き、

「ひょっとして、『更級庵』の亭主の……」

「おそらく、弟だ。その佐平が、若い夫婦を手伝って『千鳥庵』を作ったようだ」

「じゃあ、あの味を再現出来たのか」

六郎が喜んで言う。

「佐平は味のことを何か言っていたのか」

「ええ。兄の作った味を再現して、『更級庵』を蘇らせたいと言っていたのを覚えています」

「そうだ。そのとおりだ。『千鳥庵』は『更級庵』の生まれ変わりだ」

「でも、よかった。佐平は望みを叶えたんですね」

「一応はな」

「一応？　何かあるんですかえ」

「なぜ、今頃になって、『更級庵』の事件を調べているか。じつは、『千鳥庵』は元鳥越町にあるのだが、その近くに旗本坪井家の屋敷がある」

「坪井家ですかえ」

六郎は怪訝そうな顔をした。

「真崎松次郎の養子先を知っているか」

「えっ、まさか」

六郎は顔色を変えた。

「そうだ。真崎松次郎は坪井家の婿養子になり、今は当主として、坪井貞道と名乗っている」

「その屋敷の近くに佐平が店を……」

六郎は考え込むように顔を上げた。

「偶然か、はたまた何か狙いがあってのことか」

剣一郎は口にしたあと、

「ただ、何かを企んでいたとしても、佐平に何が出来ようか。貞道は大きな屋敷の中におり、外出するときは警護の者に守られて乗物で行く。どこに付け入る隙(すき)があろうか」

　と、復讐の可能性に疑問を投げつけた。

「佐平が仲間を雇ってということはありませんか。腕の立つ浪人を集めて、襲うとか？」

「いや。復讐をそんな形で行なうとは思えない。第一、金で雇われたからといって、旗本を襲撃する者がいるとは思えぬ」

「でも、場所が気になりますね」

　剣一郎はふと思いついた。

「赤城純平はどういう男だった？」

「はい。上州赤城(あかぎ)から出てきた男で、侍になりたくて神明町(しんめいちょう)にある口入れ屋を介して真崎家に中間として奉公し、働き振りが認められ、若党に取り立てられたそうです」

「なぜ、赤城純平は松次郎とつるんでいたのだ？」

「松次郎は何をするかわからない男だったので、お屋敷の者が赤城純平をつけたようです。つまり、赤城純平は松次郎の監視役だったのです」

「それなのに、いっしょに『更級庵』に行っていたのか」

「ふたりは同い年で気が合ったようです」

「赤城純平に身内は？」

「いえ、そこまでは。調べましょうか」

「調べてくれるか」

「へい」

六郎は若返ったように元気な声で応じた。

芝からまっすぐ元鳥越町まで来て、剣一郎は『千鳥庵』に顔を出した。

「いらっしゃいまし」

お清が出てきた。

「すまぬ。じつは手伝いの佐平に用があるのだ」

「お待ちください」

お清は奥に向かった。

すぐ戻ってきて、

「青柳さま。佐平さんがすぐに行くので、鳥越神社でお待ちくださいとのことですが」

と、口にした。

「わかった」

剣一郎は素直に店を出た。

佐平は用件がわかったようだ。

鳥越神社の鳥居の傍（そば）で立っていると、やがて五十近くに見える男が小走りにやってきた。まだ四十半ばにしては老けて見える。

男は剣一郎の前で立ち止まって畏まった。

「佐平か」

剣一郎は確かめる。

「へい。佐平にございます」

「十五年前まで芝露月町にあった『更級庵』の亭主佐市の弟だな」

剣一郎はずばりきいた。

「はい。そのとおりです」

佐平は素直に認めた。

人気（ひとけ）のない植込みのほうに移動し、

「十五年前、佐市夫婦は理不尽な目に遭ったそうだな」

と、剣一郎は切り出した。

「はい」

「下手人は、旗本真崎家の若党の赤城純平という男で、事件から十日後に罪を悔いて喉を掻き切って自害したという。そなたは奉行所の説明に納得いったか」

「いいえ」

佐平は厳しい表情で、

「兄夫婦を殺したのは真崎松次郎です。松次郎が兄嫁に言い寄っていると、兄から聞いていました。赤城純平は、松次郎をたしなめていたそうです」

「しかし、赤城純平は自害した」

「あれは……」

佐平は言いさした。

「何か」

剣一郎は促（うなが）す。

「松次郎が殺したんです。松次郎の偽装です」

佐平は吐き出した。

「真崎松次郎は事件のあと、他家に婿養子に入った。どこの御家か知っているか」

「はい」

「どこだ？」

「旗本坪井家です」

「坪井家の屋敷はどこにあるか知っているか」

「はい。三味線堀の近くです」

「元鳥越町に近い」

「はい」

「『千鳥庵』は磯吉とお清の店のようだが、実際はそなたの店なのだな」

剣一郎はきいた。

「私は兄の『更級庵』を蘇らせるのが夢でした。そのためには、兄の作った蕎麦の味を再現しなければなりません。それで兄が修業した信州各地を回り、味を突き詰めていき、十年かかってついに兄の味に行き着いたのです」

そのときのことに思いを馳せるかのように、佐平は目を細めた。

「でも、江戸に帰って店を開こうにも、独り身であり、すでに四十を過ぎた男に『更級庵』のような夫婦蕎麦屋は出来ません。そこで、蕎麦職人の磯吉さん、お清さんと知り合い、ふたりに私の夢を託そうとしたのです」

「しかし、味はそなたにしか出せまい。蕎麦打ちなど、そなたがやるしかなかったはずだが」

「そうです。磯吉さんに味を教えながら、最初のうちは私が蕎麦を打つということで、店をはじめたのです」

「『千鳥庵』を開店するにあたり、そなたはどういう理由で元鳥越町を選んだのだ？」

「蕎麦の本場信州では、戸隠神社や善光寺などの門前に蕎麦屋が軒を並べています。それに倣って、寺社の近くで店をと思っていたところ、たまたま鳥越神社近くで、居抜きの店が見つかったのです」

「坪井家の屋敷の近くだからではないのか」

「いえ。それは偶然です」

佐平は否定した。

「真崎松次郎、今の坪井貞道さまを恨んではいないのか」

「恨みはあります。しかし、あれから十五年です。恨みはあれど、復讐の思いはありません」

佐平は続けた。

「もし、兄の味を蘇らせるという目的がなければ復讐に向かったかもしれませんが、幸か不幸か、兄の味の再現に十年がかかってしまいました。復讐より『更級庵』を復活させることのほうが大事だったのです」

剣一郎は皺の浮いた佐平の顔を見つめた。

皺の数は苦難の数ではないか。兄の味を再現するために十年を要した厳しい修業に堪(た)えただけではなく、胸を掻きむしるほどの恨みも刻まれているのではないか。

「わかった」

佐平の言葉を信じる他はない。

「で、磯吉に兄の味は伝授出来たのか」

「あと一歩のところまできています」

「伝授したら、そなたはどうするのだ？」

「私の役目は終わります。あとはふたりに任せて引き下がります」

佐平は何ら気負うことなく言った。

「忙しいところを呼び出してすまなかった」

「いえ。では、失礼いたします」

佐平は一礼し、鳥居に向かった。

その背中を見送りながら、剣一郎はなぜか心が落ち着かなかった。

五

八丁堀の屋敷に帰り、夕餉(ゆうげ)をとって居間に戻った。

濡縁(ぬれえん)に出て、庭を見る。最近の暖かさで、梅も咲きはじめそうだった。

「梅か」

剣一郎はふと呟いた。

坪井家での『梅見の宴』を思いだしたのだ。

『白河屋』のおゆうが、老中の金谷飛騨守の接待のために呼ばれている。接待とは何をさせるつもりか。

酒の相手か。果たして、それだけで済むのか。酒の入った飛騨守が美しい女子を目の前にしてどう出るか。

坪井貞道はおゆうを飛騨守に差し出そうとしているのだ。貞道はまだおゆうに手をつけていないらしい。好色な貞道が手を出さなかったのは、飛騨守へ貢ぐためだったからではないのか。

用人の矢崎平左衛門はこのことに不快感を抱いているのだ。おそらく、坪井家の品格を汚す貞道のやり方を止めようとしたが、飛騨守に賄賂を贈り、出世にとりつかれている貞道にはね返されたに違いない。

そこで、矢崎はおゆうに坪井家に来させないように、一太を使って画策したが、肝心のおゆうが、そして亭主の好太郎までもが歪んだ考えを持っていたのだ。店を大きくするためにおゆうは身を捧げる覚悟をし、好太郎は見て見ぬふりをする。

とんでもない心得違いだが、本人たちは他人の意見を受け付けないのだ。

ただ、貢ぎ物として飛騨守に差し出されるかもしれないと知ったとき、どう思うか。自分がただ利用されているだけだとしても、まだ堪える気持ちに変わりはないのか。

もっとも、飛騨守への接待がそこまでのものか、はっきりしているわけではない。自分の考えすぎかもしれないが……。

　ふと、暗がりにひとの気配がした。

　太助が駆け込んできた。

「青柳さま」

「どうした、そんなに息せき切って」

　剣一郎が立ったままの太助に言うと、

「弥吉らしい男が見つかりました」

「見つかったか。どこにいた？」

「青柳さまの見通しどおりでした。深川の八幡さま界隈で、喧嘩に明け暮れている弥吉という若い男がいるという噂を耳にして、その男について聞いてまわりました。閻魔の辰と呼ばれている地廻りの男の子分だそうです。この閻魔の辰というのが力士上がりの乱暴者で、いっしょになって暴れまくっているようです」

　太助は続けた。

「体つきはたくましく、顔にも切り傷があって、来たころの弥吉とは似ても似つかない。でも、三月ほど前にやってきたときは、痩せて青白い顔をしていたそうです」

「弥吉に会ったのか」

「閻魔の辰の住まいに行ったんですが、追い返されて。なにしろ、閻魔の辰は巨躯で、迫力があって……」

太助はしゅんとなった。

「いや、いい。おそらく、あの弥吉に間違いないだろう。明日、案内してくれ」

「へい」

太助はすぐに元気になった。

「いつまでそこに立っているのだ。早く上がれ」

剣一郎は声をかけ、

「飯はまだだろう。早く食って来い」

と、急かした。

太助が台所に向かったあと、剣一郎はやはり弥吉はお久の仇を討とうとしているのだと思わざるを得なかった。

お久を失って、自暴自棄から堕落した暮らしに陥ったわけではない。仇討ちが出来るだけの力を身につけようとしたのだ。

そのことから、佐平のことに思いを馳せた。

佐平も仇を討とうとしているのか。『更級庵』の夫婦殺しの実状が事実であれば、佐平の恨みもかなりのものだろう。それは十五年経っても忘れられるものではあるまい。

しかし、恨みを晴らしたとして、死んだ者が生き返るわけではない。それより、復讐した本人の人生がそこで終わってしまう。

弥吉は若い。まだまだこれからだ。佐平にしたって、まだ十分に生きていく価値がある。もっとも、佐平に復讐の思いがあるかどうかはまだわからないが……。

多恵が部屋に入ってきた。

「弥吉さんが見つかったそうですね」

多恵が口にした。

「太助が見つけてくれた。明日、会いに行く」

「復讐するなど、諦めてくれたらいいんですけど。うまくいくとは思えないし、仮に目的が果たせても、誰も喜びはしません」

多恵は表情を曇らせた。

「じつは『白河屋』のおゆうのことだが」

剣一郎は、『梅見の宴』に老中金谷飛騨守が招かれている話をし、

「坪井さまが、おゆうを飛騨守さまに差し出そうとしている証はなにもない。わしが勝手に懸念を抱いているだけだ。だが、用人の矢崎どのの言葉など、今までの経過を辿ってみると、どうしても不安は拭えない」

「それは由々しきこと。女としての気位の問題です」

「お店のためにそれでも堪えるとなったら、もうおゆうを説き伏せるのは難しいかもしれぬ」

「なんとしてでも、気持ちを変えさせます」

「もし、おゆうが接待を拒んだら、坪井さまの顔が潰れる。『白河屋』の屋敷への出入りも差し止めになろう」

「女を武器にお店を大きくしようと考えること自体、大きな過ちです。そこを、諄々と説き諭します」

珍しく、多恵は激しい口調で言った。

翌日、剣一郎は太助とともに永代橋を渡り、油堀沿いを閻魔堂橋のほうに向かった。

堀沿いの柳も青くなりはじめている。

閻魔堂橋の近くに、閻魔の辰の家があった。

「ここです」

太助が間口の広い家の前で立ち止まった。

剣一郎が頷くと、太助は戸を開けた。

「ごめんください」

太助が呼びかけて土間に入る。

すぐに奥から若い男が出てきた。

「辰親分にお会いしたいのですが」

太助は口にする。

「おや、おめえは昨日も来た野郎だな」

「へえ。じつは今日は南町の青柳さまがお出でで して」

「なに、青柳さま」

若い男の声が高くなった。

剣一郎は編笠をとった。

「あっ、青痣与力」

男は叫んで、あわてて奥に引っ込んだ。

ほどなく、巨軀の男が現われた。鬼瓦のような容貌で、眉が太く、目も大きい。高い鼻は横に広がり、唇も分厚い。

「これは青柳さまで」

「閻魔の辰か」

「へえ、さようで」

辰は上がり框に腰を下ろした。

「ここに、弥吉という男がいるそうだが」

剣一郎は切り出した。

「へえ、おります」

「いつからいるのだ?」

「三月ほど前からでしょうか。青白い顔をした若い男がやってきて、いきなり土下座をして、ここで使ってくれと。熱心に頼むので受け入れてやりましたよ」

辰は話した。

「なぜここに来たか、わけをきいたか」

「強くなりたいと言ってました」

「なんで強くなりたいと？」

「そこははっきり言いませんでしたが、叩きのめしたい相手がいるのだろうとは想像がつきました」

「三月で変わったか」

「ええ、驚くくらいです。毎日、実戦で喧嘩をしているのですから」

「喧嘩の相手は？」

「あっしたちは、呑み屋や女郎屋の用心棒をしています。悪さをする輩をとっちめるのが仕事ですから」

「そんなに、商売を邪魔する者がいるのか」

「ショバ代を狙って、ひとの縄張りに割り込んでくるやくざも多いですから」

「そういった連中と弥吉は喧嘩をしてきたというわけか」

「へえ、自分から進んで。とにかく、がむしゃらでした」

辰は呆れたように言う。

「弥吉を呼んでくれるか」

「今、出かけていますんで」

「どこに？」

「呑み屋をまわっています」

「ショバ代の回収か」

「へえ、まあ」

辰は曖昧に答えて、

「青柳さま。弥吉がいったい何をしたっていうんですね」

と、鋭い目を向けた。

「いや、まだ何もしていない」

「まだ？」

辰は眉根を寄せ、

「これから何かをしでかすかもしれないって言うんですかえ」

「そなたがさっき言ったではないか。弥吉には、叩きのめしたい相手がいるのだろうと」

「やはり、そうですか」

辰は大きな目を見開き、

「で、狙う相手は誰なんですね」

と、きいた。

「侍だ」

「侍ですって」

「しかし、今もその気でいるかどうかはわからない。ここでの暮らしに馴染んで、もう恨みを忘れたかもしれぬでな」

「いや、奴は毎日を楽しんではいませんぜ。女も抱こうとせず、博打もしない。ただ、手酌で酒を呑むだけです」

辰は真顔になり、

「水臭い野郎だ。相談してくれたら手を貸してやれるのに」

と、吐き捨てるように言う。

「だめだ。手を貸したら、そなたたちもおしまいだ」

剣一郎は強く言った。

「そこはうまくやりますぜ」

「弥吉から相手のことを聞きだしてから言うがいい」

「………」

辰は顔色を変えた。

「やばい相手なんですね。身分のある侍ですか」

辰は頭の回転はいいようだ。

背後に足音がした。

三人の男が入ってきて、剣一郎を見てぎょっとしたように立ち止まった。その中に、二十一、二歳の男がいた。弥吉だと思った。

「弥吉」

辰が声をかけた。

「へい」

弥吉が辰のそばに行く。

「青柳さまがおめえに用があるそうだ」

「……………」

弥吉は顔色を変えた。

「弥吉」

剣一郎は呼び掛け、

「そなたは三月前まで阿部川町のいろは長屋に住んでいた弥吉だな」

と、確かめる。

「そうです」

弥吉は素直に頷く。

「外に出よう」

辰に断り、剣一郎は弥吉を外に連れ出した。

閻魔堂橋の袂で、剣一郎はきいた。

「お久のふた親も、そなたのことを気にしていた」

「………」

弥吉は俯いた。

「なぜ、いろは長屋を出て行ったのだ？」

「お久がいない長屋にいても仕方ないんで」

弥吉は消え入りそうな声で答える。

「どうして閻魔の辰のところにやってきたのだ？」

「たまたまです」

「そなたは、お久の仇を討とうとしているのではないか」

「いえ、とんでもない」

「三月前のそなたを知らないが、ずいぶんたくましくなったようだな。自ら進んで喧嘩を買って出ているそうではないか」

剣一郎は弥吉の精悍(せいかん)な顔を見て言う。

「自棄(やけ)になっていて」

「そうかな。喧嘩馴れして強くなりたいからではないのか」

「…………」

「お久が斬られたのは、家来のひとりと密通したからではなく、坪井さまを拒んだからだと思っているのであろう?」

「もう、済んだことです」

弥吉は言う。

「三月ほど前、坪井さまのお屋敷に付け火を企んでいるらしい若い男がいた。そなたではないのか」

「違います」

「お久の父親の作蔵から、弥吉に会ったら伝えてくれと言われている。自分たちのところに顔を出すようにと。弥吉は悴も同然の男だそうだ。だから、死んで欲しくないのだ」

「…………」

「弥吉。復讐など諦めるのだ。うまく成就したとて、ひと殺しとして死罪になるだけだ。お久もそんなことを望んでいまい」

「復讐なんて、もう考えていません。大勢の家来に守られている殿さまを斃(たお)すことなど、とうてい無理なんです」

弥吉はかぶりを振った。

「そのとおりだ。返り討ちに遭うだけだ」

「…………」

「復讐する気がないなら、辰のところにいる必要はあるまい。辰のところを引き上げるのだ。そして、作蔵夫婦に会いに行け」

「いずれ」

小さな声で答え、

「もういいでしょうか」

と、弥吉はきいた。

「うむ。作蔵夫婦のところに行くのだ。いいな」

剣一郎は念を押した。

「へい」

弥吉は頭を下げて踵(きびす)を返した。

太助が弥吉の背中を見送りながら、

「いずれだなんて、すぐには辰のところを引き上げるつもりはないようですね。ほんとうに復讐を諦めたんでしょうか」

と、がっかりしたように呟いた。

「大勢の家来に守られている殿さまを斃すことなど無理だと、まともなことを言っていたが」

お久が坪井家に奉公に上がったのは、『田島屋』の勘兵衛の強い勧めからだ。作蔵夫婦は『田島屋』から仕事をもらっていたので断れなかったという。断ったら、仕事をまわせなくなると脅されたようだ。

剣一郎はふと作蔵とのやりとりを思いだした。

「勘兵衛はなぜ、お久を奉公に出そうとしたのか」

と、剣一郎がきいたとき、作蔵はこう答えた。

「わかりません。ただ、弥吉は……」

「弥吉はなんと？」

「坪井の殿さまに差し出すためだと怒っていました」

「弥吉はそう言っていたのか」

「はい、お久のためだと旦那は言っていたが、嘘っぱちだと」

弥吉は、勘兵衛がお久を坪井貞道に差し出したと思っているのだ。

つまり、坪井貞道だけでなく、勘兵衛も弥吉の恨みの対象ではないか。

「もしかしたら、弥吉の狙いは『田島屋』の勘兵衛ではないか」

剣一郎は思いついたことを話した。

「でも、坪井さまをそのままに、勘兵衛ひとりを斃しただけで満足出来るのでしょうか」

太助が疑問を呈した。

「確かに、太助の言うとおりだ」

勘兵衛を殺しても、肝心の坪井貞道が安泰なら復讐にはならない。

そう思ったとき、剣一郎はあっと気がついた。

勘兵衛を恨んでいるのは弥吉だけだが、坪井貞道を恨んでいる者は他にもいる。『千鳥庵』の佐平だ。

ふたりが示し合わせている可能性はないか。弥吉が勘兵衛を、佐平が坪井貞道こと松次郎を……。

しかし、佐平は復讐を否定していたし、企てている兆候もない。

何か抜け落ちていることがあるのではないか。そこに何か秘密がないか。剣一郎は懸命に考えをめぐらせていた。

# 第四章　梅見の宴

一

浅草奥山には芝居や見世物の小屋掛けが、さらに奥には水茶屋や楊弓場が並んでいた。楊弓場の前では女が客引きをしている。

そのうちの一軒の楊弓場の前に、剣一郎は京之進とともにやってきた。

近くで見張っていた岡っ引きの手下が、

「まだ、中にいます」

と、知らせた。

京之進が店の中を覗き、すぐ顔を戻した。

「真ん中で、矢場女といちゃつきながら矢を射っている男が長次です」

剣一郎も暖簾の隙間から見る。

戸口のほうに向いて、長次は座っている。なまめかしい姿の矢場女が長次に矢を渡した。長次は矢を弦にかけて弓を構え、前方にある的に狙いを定めた。的の傍にも矢場女が立っている。

大柄で顔が長く、顎がしゃくれている。お房とお町の前に現われた遊び人ふうの男に間違いないと思った。

京之進の配下の者が連日にわたり、『田島屋』の勘兵衛のあとをつけ、長次と接触したのを見つけたのだ。

「どうしましょうか」

京之進がきいた。

「自身番に呼び、お町に面通しをさせるのだ」

剣一郎は命じた。

「はっ」

京之進は長次が出てくるのを待つことにした。

あとを任せ、剣一郎はその場を去りかけた。

すると、

「長次です」

と、岡っ引きの手下が小さく叫んだ。

その声に、剣一郎は足を止めて、振り返った。

店から出てきた長次の前に京之進が立ちふさがった。長次はぎょっとしたように立ちすくんだ。

「長次。旗本坪井家の中間殺しの件で、ききたいことがある。自身番まで付き合ってもらおう」

京之進が声をかけた瞬間、長次は横にいた岡っ引きを突き飛ばして駆け出した。

剣一郎は素早く、長次の前に出た。

長次は懐から匕首を出して、

「どけ」

と、振り回しながら、突進してきた。

剣一郎は匕首を避けながら相手の手首をつかみ、大きくひねった。

長次は一回転して地面に背中から落ちた。

そこを京之進が取り押さえ、縄を打った。

「長次、じたばたするな」

京之進が怒鳴り、

「逃げるのは殺しを認めたも同然だ」

と、言い切った。

長次はうなだれた。

「青柳さま。このまま大番屋にしょっぴいて、背後関係をききだします」

京之進は意気込んで言う。

「頼んだ」

剣一郎は京之進と別れ、浅草奥山から引き上げた。


奉行所に戻った剣一郎は宇野清左衛門に呼ばれた。

「宇野さま」

剣一郎は声をかける。

清左衛門は文机の上の書類を閉じて振り向いた。

「先ほど京之進が坪井家の中間殺しの下手人をとらえました。これから、取調べに入ります」

まず、剣一郎は報告した。

「そうか」

清左衛門は満足そうに頷き、

「青柳どの。老中の金谷飛騨守さまのことがわかった」

と、切り出した。

「前々から、賄賂を受け取っているという話はあったが、かなりの女好きらしい。それも年増の美女が好みだそうだ」

「年増の美女？」

「人妻だ」

「そのような嗜好はかなり知られていたのでしょうか」

「賄賂を贈ろうとする側は容易に知ることが出来たようだからな」

坪井貞道も当然そのことを知り、『白河屋』のおゆうに目をつけたのだろう。

坪井貞道もまた、十五年前に『更級庵』の内儀に懸想をしていたのだ。

坪井貞道がおゆうを何度も屋敷に呼びながら手出ししなかったのは、飛騨守に差し出すためだったのだ。自分が手をつけた女を差し出したことがあとでわかったら、飛騨守は屈辱に思うのではないか。

「やはり、『白河屋』のおゆうは利用されているのだな。しかし、どういう形で、おゆうを差し出すのか。まさか、飛騨守さまのお屋敷におゆうを送り込むとは思えぬが」

清左衛門は首を傾げる。

「来る二月十日、坪井さまのお屋敷で、『梅見の宴』が開かれるそうです」

「『梅見の宴』？」

「それに、飛騨守さまが招かれています」

「なんと。では、その際におゆうを人身御供に」

「おそらく」

清左衛門は顔をしかめた。

「用人の矢崎どのはこの企みをやめさせたかったのです。ですが、正面切って反対すれば、譜代の家来である矢崎家は用人職を解かれる。いくら譜代だといっても、養子の坪井さまにとっては痛くも痒くもないことでしょうから」

「そこで、矢崎どのは青柳どのを巻き込み、坪井どのの卑劣な企みを阻止しようとしたのか」

「そうだと思います」

「しかし、『白河屋』のおゆうの件をうまく阻止出来たとしても、坪井どのの本性は変わらない。またぞろ、同じようなことを繰り返すのではないか」

「ええ、そのことを矢崎どのはどう考えているのか」

剣一郎はあることを想像した。

矢崎平左衛門は坪井貞道を当主の座から引きずり下ろしたいのではないか。

しかし、どうやって……。へたな動きをすれば御家騒動となり、坪井家そのものの存続をも脅かしかねない。

坪井貞道を隠居に追い込み、家督を嫡男に譲り、坪井家も安泰。どうやって、そのような状況を作るか。

清左衛門の前から下がり、与力部屋に戻ったとき、見習い与力が近づいてきた。

「今、門前に元岡っ引きの六郎と名乗る男がやってきて、青柳さまにお伝えしたいことがあると」

「なに、六郎とな」

剣一郎はすぐに立ち上がり、玄関を出て、門に向かった。

門番が、

「外にいます」

と、言う。

剣一郎は脇門を出ると、六郎が待っていた。

「なぜ、中に入ってこなかった？」

「現役のときも門前までで中に入ったことはありませんでしたので」

六郎はへりくだるように言う。

「そうか」

剣一郎は苦笑して、

「で、何かわかったのか」

と、数寄屋橋御門のほうに歩きながらきいた。

「わかりました。赤城純平に弟がおりました。純助といい、五つ下ですから、今は三十六です」

六郎はいっきに続ける。

「当時は、深川の北森下町の長屋に住んでいて、棒手振りをしていたそうです。当時の長屋の住人に話を聞きました。先に江戸に出ていた兄を頼って上州からやってきたとのこと。兄にはかなり世話になったようで、兄の死に納得していなかったようです」

数寄屋橋を渡ってくる武士がいて、六郎は口を閉ざした。

橋を渡り、濠沿いにある柳の木のそばで立ち止まる。生暖かい風が吹いている。

六郎は話を続けた。

「純助は兄が死んだあと、『更級庵』の客から話を聞いていました。兄は汚名を着せられて、真崎松次郎に殺されたのだと確信したようです」

「しかし、復讐しようとは思わなかったのか」

「思ったようですが、純助には言い交わした女子がいて、その女子のために復讐を諦めたようです。その女子と所帯をもったのですが」

六郎は息を継ぎ、

「一年前に、かみさんは病に罹り、亡くなってしまったそうです」

「子どもは？」

「いません」

「純助はひとりきりになったか。まさか、しがらみがなくなり、兄の恨みを思いだしたということはあるまい」

剣一郎が言うと、六郎は暗い顔になり、

「実は、かみさんが亡くなったあと、佐賀町にある剣術道場に通い出したそうです」

「なに、剣術道場だと？」

　剣一郎は思わず声を上げた。

「はい。師範代にきいてみましたが、かなり熱心で、筋もよく、そこそこに上達したと」

「で、今も稽古に通っているのか」

「いえ、ひと月前にやめたそうです」

「やめた？　長屋には？」

「同じ頃に、引っ越していったそうです」

「今はどこにいるのかわからないのか」

　剣一郎は困惑してきいた。

「わかりません」

　六郎はため息をついた。

「やはり、純助は何かを考えているようだな」

　復讐する気だと、剣一郎は思わざるを得なかった。口では否定しても、佐平も怪しい。

このふたりはつながっていないか。剣一郎はそのことが気になった。

「それにしてもよく見つけた」

「いえ、引き続き純助の行方を捜してみます。何かわかったらお知らせにあがります」

「頼んだ。今度は奉行所の中に入って来い」

「へえ、では」

六郎は頭を下げた。

六郎と別れ、剣一郎は奉行所に戻った。

改めて奉行所を出て、剣一郎は元鳥越町の政五郎の家を訪ねた。

政五郎は寝起きの顔で出てきた。

「申し訳ありません。昼寝をして、寝過ぎてしまいました」

「もう八つ半（午後三時）だ」

剣一郎は苦笑する。

「面目ありません」

政五郎は言ってから、

「どうぞ、お上がりください」

と、勧めた。

「今朝も、『千鳥庵』には行ったのか」

剣一郎はきいた。

「へえ、いつものようにと言いたいんですが、昨夜、『ほ組』の連中との酒宴で呑み過ぎ、二日酔いで起きられなくて」

「じゃあ、行っていないのだな」

「へえ」

「それはよかった。わしはこれから『千鳥庵』に行こうと思っている。蕎麦を食いにだ。付き合ってもらえると助かるが」

「それはいい。もちろん、ごいっしょさせていただきます」

政五郎は笑みを浮かべて立ち上がった。

暖簾をかき分けたが、『千鳥庵』は混んでいて、ふたりが座れる場所はなかった。

「仕方ない。諦めよう」

剣一郎は踵を返した。

「朝しか来たことがないので知りませんでしたが、八つ半なのにこんなだとは」

政五郎も驚いていた。

『千鳥庵』から離れたとき、背後で戸が開く音がした。

振り返った政五郎が、

「客が帰っていきました」

と、言った。

剣一郎も振り返ると、『千鳥庵』からふたりの武士が出てきた。

おやっと剣一郎はひとりの武士の顔を見た。額が広く、鷲鼻だ。

「高槻弥太郎だ」

剣一郎は思わず呟いた。

「青柳さま。ご存じで？」

政五郎がきいた。

「坪井家の家来だ。それも殿さまのそばに仕える近習だ」

「坪井家の近習？」

政五郎は不思議そうな顔をし、

「どうして近習の者が……。ともかく、ふたつ席が空いたはずです。入りましょう」

政五郎は進んで、『千鳥庵』に戻った。

空いた小上がりに腰を下ろすと、お清が注文をとりにきた。

「いらっしゃいまし」

酒とつまみを頼んだあと、

「今出て行ったのは坪井さまのご家来じゃないか」

と、政五郎がきいた。

「はい。そうです」

「ここに、坪井さまのご家来も来るのかえ」

「はい、お見えになります」

「近習の高槻弥太郎どのもいたが」

剣一郎は口をはさんだ。

「あのお方は、今度の『梅見の宴』のことで」

「『梅見の宴』？」

剣一郎は聞きとがめた。

「はい。坪井さまのお屋敷で『梅見の宴』が開かれるそうです」

「『千鳥庵』も関係しているのか」

「はい。みなさま方にうちのお蕎麦を振る舞うことに」

「では、そなたたちは坪井さまのお屋敷に行くのか」

「はい。お屋敷で蕎麦をお作りしますので」

「そなたたち夫婦と手伝いの佐平もいっしょか」

「はい。それだけでは足りませんので、手伝いを」

「なに、手伝い？」

　剣一郎ははっとして、

「手伝いはどこから呼ぶのだ？」

　と、きいた。

「佐平さんが知り合いの蕎麦職人に頼んでくれています」

「佐平か」

　剣一郎は板場のほうに目をやった。佐平があわてて引っ込んだ。

「手伝いは何人ぐらいだ？」

「五、六人だと思います」

「その者たちの名を聞いているか」

「いえ。佐平さんに任せてありますので」

「そうか」

お清は下がった。

「青柳さま。まさか、『梅見の宴』で……」

政五郎が声をひそめた。

「うむ。気になる」

「佐平を呼びますかえ」

「いや、ほんとうのことは喋(しゃべ)るまい」

剣一郎は佐平に、赤城純平の弟純助を知っているか聞こうとしたのだが、避けるような様子からもはや確かめるまでもない。

手伝いの中に、純助も入っているのではないか。それに、弥吉も。

『梅見の宴』の当日、坪井家の屋敷に、佐平、純助、弥吉の三人が揃うのだ。

酒が運ばれてきた。

「青柳さま。どうぞ」

「うむ」

剣一郎は政五郎の酌を受けながら、なおも考えた。

そもそも、なぜ『梅見の宴』に『千鳥庵』の蕎麦が選ばれたのか。佐平が画策したとしても、そこまで食い込むことが出来るとは思えない。

二

それから、剣一郎は大番屋に顔を出した。

莚の上に座っている長次を取調べていた京之進が近寄ってきて、

「しらを切り通しています」

と、忌ま忌ましげに言う。

長次は不貞腐れたように顔をそむけている。

「お町は?」

「さきほど来て、長次の顔を見ました。間違いないとのこと。それから、事件の夜、新シ橋ですれ違った職人も、一太のあとから歩いてきた男に似ていると言いました」

「よし。続けてくれ」

「はい」

　再び、京之進は長次の前に立った。

「長次。もう、じたばたしても無駄だ」

　京之進は一喝し、

「誰に頼まれたか、こっちはわかっているのだ。だから、正直に言うがいい」

と、告げた。

「あっしは何も知りませんぜ」

「『田島屋』の勘兵衛を知っているな」

「へえ」

「勘兵衛とはどういう付き合いだ?」

「付き合いってほどのものじゃありません」

「『田島屋』の汚れ仕事を請け負っているのではないか」

「…………」

「『田島屋』の勘兵衛に頼まれて、お町に会いに行ったのだな?」

　京之進は問いかける。

「さあ、なんのことか」

長次はとぼける。

「お町に会いに行っただろう」

「行っていませんぜ。さっきの女、ひと違いしているんですよ」

「そうかな。そなたは、さっきの女子に、一太に頼まれて房と名乗ったのはおまえかと問い詰めたそうではないか。そして、一太のことは忘れろと脅した」

「まったく身に覚えはありません」

「一太を殺したのは、おまえの一存か、それとも誰かから殺れと言われたのか」

「とんでもない。ひと殺しなんて」

長次はしたたかだった。

京之進はため息をついた。

剣一郎は横合いから口を出した。

「長次。そなたには『田島屋』の勘兵衛に頼まれて一太を殺した疑いがかかっているのだ。ほんとうに違うのであれば、とぼけるだけでなく、違うという理由を述べてみよ。まず、一太が殺された時刻、どこにいたか。お町に会いに行っていないというなら、その時刻、どこで何をしていたか、思いだすのだ」

「…………」

「これから、勘兵衛に話を聞いてくる。勘兵衛がどこまで喋るか。あるいは、そなたひとりに罪を押しつけ、自分は逃げるかもしれぬが」

剣一郎はわざと脅し、

「それから、そなたの一存で一太を殺したのなら、そなたは間違いなく死罪。だが、『田島屋』の勘兵衛に頼まれ、仕方なく殺ったのだったら、改悛(かいしゅん)の情を示せば、遠島で済むかもしれない」

と、最後はいたわるように言った。

「いずれにしろ、これ以上強情を張っても、そなたにとっていいことはない。よく、考えるのだ」

「…………」

うなだれている長次から離れ、

「焦(あせ)らず、続けろ。必ず、落ちる」

と、剣一郎は京之進に囁(ささや)いた。

田原町に着いたとき、辺りは暗くなり、大戸を閉めはじめている商家も目についた。

鼻緒問屋『田島屋』も大戸を閉めようとしていた。その前に、剣一郎は土間に入り、番頭に主人への取次ぎを頼んだ。

勘兵衛は羽織姿で現われた。

「これは青柳さま」

勘兵衛は眠そうな細い目を向けた。

「出かけるのか」

「はい。でも、少しぐらいなら。どうぞ」

いつもの店座敷横の小部屋に通された。

向かい合ってから、

「坪井家の中間一太を殺した下手人が捕まった」

「…………」

勘兵衛の細い目の奥が鈍く光った。

「浅草奥山辺りを根城にしている地廻りのひとりで、長次という男だ。知っていよう」

「名前だけは知っています」

勘兵衛は答える。

「そなたは、長次に何かを頼んだのではないか」

「頼む？　とんでもない」

勘兵衛は否定する。

「『白河屋』の内儀おゆうを坪井さまに引き合わせたのはそなただな」

剣一郎はきく。

「引き合わせたのではありません。『白河屋』が坪井さまのお屋敷に出入り出来るように力添えをしただけでございます」

「なぜ、そこまで『白河屋』に肩入れを？」

「頑張っている主人夫婦を応援してやりたいと思いましてね」

勘兵衛は平然と言う。

「おゆうが、坪井さま好みの美女だからではないのか」

「とんでもない。そんなことはございません」

「いや、坪井さまの好みだけでなく、老中の金谷飛驒守さまの好みの女だからではないか」

「…………」

「どうだ？」

「ご老中さまの好みなど知るわけありません」

勘兵衛は反発する。

「そうかな。そなたは調べたのではないか。飛騨守さまはかなりの女好き、それも年増の美女が好みだそうではないか」

「…………」

「賄賂を贈ろうとする側は容易にその性癖を知ることが出来たようだ」

剣一郎は勘兵衛を鋭く見つめる。

「そなたは、坪井さまはいずれ勘定奉行になると言っていた。なぜ、そんなことを知っていたのか。飛騨守さまへ取り入るのをそなたも後押ししていたからだ」

「…………」

「そして、賄賂は金だけではない。飛騨守さま好みの美女だ。それが、おゆうだ」

「…………」

「坪井さまはおゆうが飛騨守さまの好みだとわかっていた。だから、お屋敷にやってきても手を出さなかった。違うか」

剣一郎は問い詰める。

「お言葉ですが、おゆうをどうやって飛騨守さまに差し出すと言うのですか。飛騨守さまのお屋敷に届けるとでも。貢ぎ物でもあるまいし、さすがにおゆうとて、そこまで従わないのではないでしょうか」

勘兵衛は含み笑いをした。

「誰が飛騨守さまのお屋敷に届けると言った。『梅見の宴』があるではないか」

剣一郎はすかさず言う。

勘兵衛の顔から笑みが消えた。

「来る二月十日、坪井さまのお屋敷にて『梅見の宴』が開かれる。そこで、おゆうは、大事な客の接待を任されている」

「………」

「大事な客とは飛騨守さまではないのか」

「いえ、私は知りません」

「そんなはずはあるまい。そなたも招かれているのであろう」

「はい」

「酒宴のあと、おゆうは飛騨守さまとふたりきりにさせられるだろう。その前に、坪井さまに因果を含められるのではないか」

剣一郎は鋭く衝いた。

「そんなことはございません」

「どうしてそう言えるのだ？　そなたは飛驒守さまがいらっしゃることを知らないのではないか。坪井さまが何を考えているかもわかるまいに」

「いえ」

「これは、確たる証がなく、わしの想像になる。坪井家の用人矢崎平左衛門どのは、坪井さまのやり方を非難したが、坪井さまは聞く耳を持たない。そこで、坪井さまの非道に気づいていた中間の一太を使ってある画策をした。それが、房と名乗る女をわしの屋敷に遣わし、おゆうを説き伏せることだった。だが、おゆうはお店のために身を犠牲にする覚悟でいた」

「………」

勘兵衛は何か言いたそうだったが、すぐ口を閉じた。

「お房を遣わしたのが一太だと知ったそなたは、手なずけているやくざ者の長次に一太を殺させた」

「おゆうを説き伏せようとしただけのことで殺しまでしますまい。邪魔であれば、屋敷から追い出せばいいだけの話です」

勘兵衛は反撃した。

「そのとおりだ。だが、一太殺しには別の狙いがあった。用人の矢崎どのへの牽制だ。邪魔をするなと」

剣一郎は言い切った。

「勘兵衛、そなたは坪井さまが勘定奉行になれるように肩入れをしてきた。おそらく、飛騨守さまへの工作はすべて済み、坪井さまも勘定奉行の座の確約を得ているのだろう。今度の『梅見の宴』はその御礼の意味があるのかもしれないな」

「恐れ入りますが、仮に青柳さまのお考えが当たっていたとして、青柳さまに何が出来ましょうか。武家屋敷のことは奉行所の支配違いではございませんか」

勘兵衛は開き直ったように言った。

「そのとおりだ。わしとしても、『梅見の宴』を黙って見守るしかない」

剣一郎は言ったあとで、

「ところで、『梅見の宴』で、客に『千鳥庵』の蕎麦が振る舞われるそうだが」

と、きいた。

「ええ、それが？」

その話題が意外だったらしく、勘兵衛は怪訝な顔できいた。

「誰の考えで、『千鳥庵』の蕎麦を？」

「ご用人さまです」

「なぜ、用人どのが『千鳥庵』の蕎麦を？」

剣一郎はきく。

「美味しいという評判を聞き食べに行ったところその味を気に入り、ぜひ殿さまやお客さまにも食していただきたいとのことです」

「なるほど。では、その件はすべて用人どのが？」

「さようで」

「用人どのは『梅見の宴』を開くことに反対ではなかったのか」

「いえ、そんなことはありません。粗相がないように、いろいろ気を配っていると聞いています」

「そなたは十五年ほど前まで、芝にあった『更級庵』を知っているか」

剣一郎はいきなり話を変えた。

「いえ、知りません」

勘兵衛は戸惑いながら、

「『更級庵』が何か」

と、きいた。

「いや、知らなければそれでいい」

剣一郎は言い、

「話は以上だ」

と、切り上げた。


剣一郎は奉行所に戻ると、年番方与力の部屋に宇野清左衛門を訪ねた。

「宇野さま。お話が」

剣一郎が切り出すと、何かを察したように、

「向こうへ」

と、隣の部屋に向かった。

差し向かいになり、剣一郎は切り出した。

「坪井さまの屋敷で開かれる『梅見の宴』で、『千鳥庵』の蕎麦が振る舞われるようです」

「『千鳥庵』の蕎麦？」

清左衛門は不思議そうな顔をした。

「何十人分もの蕎麦を作るために、佐平が手伝いの者を集めるとのこと」

「青柳どの、どういうことだ？」

「その前に、『千鳥庵』の蕎麦を振る舞うことを決めたのは、用人の矢崎平左衛門どのです。もともと、飛騨守さまを接待するための『梅見の宴』を快く思っていない矢崎どのが、なぜそこまでするのか」

「何か企みがあるのだな」

清左衛門は察して言う。

「おそらく、佐平が手伝いのために集める蕎麦職人に、弥吉と純助が加わるのではないでしょうか。つまり、坪井さまを恨む三人が、当日坪井さまのお屋敷に集まるのです」

「そこで、復讐を……」

清左衛門は目を剝いて言う。

「おそらく、そうだと思います。この三人はどこかで接触しているはずです。その背後に、用人の矢崎どのがいるのです」

「この三人に、坪井さまに復讐させようとしているのか」

「ええ。矢崎どのは坪井さまの女子に対する卑劣な態度や、賄賂を使って出世していこうとする姿に失望していたところに、佐平か純助と出会い、十五年前の『更級庵』の夫婦殺しと、その罪を若党に着せたことを知り、排斥の決意を固めたのではないでしょうか。いや、もしかしたら、矢崎どの以上に奥方が絶望していたのではないでしょうか」

清左衛門ははっとしたように、

「奥方の気持ちを察し、矢崎どのはそんな企てを……」

「坪井さまを斃したあと、その三人はどうなるのか。まさか、矢崎どのが三人を成敗するということか」

「そうですね」

剣一郎は暗い顔になり、

「三人は屋敷から逃げだすことは出来ません。すぐ捕まりましょう。もとより、三人は死ぬことを覚悟の上では。だったら、矢崎どのの手にかかって、と考えていても不思議ではありません」

と、やりきれないように言った。

「そうよな」

清左衛門も唸った。

「なんとか食い止める手立てがないかを考えたのですが、止めていいものなのか。あの三人にとって、坪井さまに復讐することは悲願です。佐平と純助は十五年恨みを抱き続けてきたのです」

剣一郎は息を継ぎ、

「しかし、そうだとしても、三人を死なせたくないのです」

「難しい」

清左衛門は言い、

「奉行所は武家の問題に介入出来ぬ」

と、無念そうに言う。

今話したことが事実なら、お目付に訴える手立ても考えられるが、確たる証があるわけではない。あくまでも剣一郎の想像に過ぎないのだ。

「なんとか、『梅見の宴』に潜入出来ればいいのですが」

剣一郎はふと思いついて、

「作田新兵衛に忍び込んでもらうのはいかがでしょうか。屋敷内で何が起こったかを見届けてもらうだけでも」

作田新兵衛は隠密同心である。いろいろな職業の者に変装し、隠密裏に探索をする。

「よし。今、新兵衛は手が空いているはずだ」

清左衛門が手を叩くと、すぐ見習い与力が顔を出した。

「作田新兵衛をこれに」

清左衛門が言う。

おそらく、酒宴のあと、用人の矢崎平左衛門は坪井貞道をひとりきりにした上で、三人を手引きして襲わせるつもりだろう。しかし、事がうまくいくかどうかわからない。

まず、坪井貞道がひとりきりになるか。近習の高槻弥太郎が常に身辺に張りついている可能性がある、だとしたら、三人の襲撃が成功するか、失敗するか、予断を許さない。

しばらくして、作田新兵衛がやってきた。

「新兵衛、また頼みがある」

剣一郎はこれまでの経緯(いきさつ)を語って聞かせ、

「二月十日の『梅見の宴』のとき、坪井家のお屋敷に潜入し、何が起こるか見届けてもらいたい。あくまでも、見届けるだけだ」

と、念を押した。

「何か、疑問は？」

剣一郎は確認する。

「もし、三人が復讐に失敗して斬られそうになったとき、助けには？」

新兵衛はきいた。

「近習の高槻弥太郎はかなり腕が立ちそうだ。あの屋敷内でひとりでは難しい。無理してもらいたくない。辛いだろうが、見届けるだけでいい」

剣一郎は迷いながら言う。

「奉行所が介入したことがわかるとまずいことになる。じつは、お奉行は飛驒守さまから坪井家に関わるなと言われているのだ」

清左衛門が口にした。

「わかりました」

新兵衛は頭を下げた。

「宇野さま。万が一、三人が屋敷から飛び出してきたとき、保護するためにひそかにひとを配置しておきたいのですが」

剣一郎は、佐平たちが逃げてきた場合に備えようとした。

「よかろう。任せる」

清左衛門は答える。

確実に起こるであろうことなのに、見届けることしか出来ない。そんな自分に、剣一郎は忸怩(じくじ)たる思いに駆られていた。

三

二月九日夜、剣一郎は濡縁(ぬれえん)に出て、庭の梅を見ていた。満開だ。暗がりに白く浮かんでいる。

足音がし、多恵が横にやってきた。

「いよいよ明日ですね」

多恵も庭に目をやって言う。

坪井家で『梅見の宴』が開かれるのだ。

「今日もおゆうさんに会いに行きましたが、わかってもらえませんでした」

多恵が嘆くように言う。

「自分が飛騨守さまに差し出される実感はないのだろう。まだ半信半疑なのかもしれないし、この期に及んで接待を辞退するなど出来まい」

剣一郎はおゆうに理解を示した。

「それに、おゆうが餌食になる前に、騒ぎが起きるはずだ」

用人の矢崎はそこまで考えているに違いない。

庭の暗がりにひと影が現われた。

「太助さんね」

多恵が声をかける。

「へい」

太助が姿を現わした。

濡縁にふたりが揃っている姿を見て、

「おふたりが並んでいる姿は一幅の絵のようです」

と、太助は笑みを浮かべた。

「なにを言うか。そろそろ太助がくるころだと思い、待っていたのだ」

剣一郎はあわてて言った。

多恵が苦笑いを浮かべた。

「それより、どうであった？」

剣一郎は話を逸らすようにきいた。

「弥吉が暇乞いを願って、閻魔の辰のところから出て行ったそうです」

太助は真顔になって報告する。

「いつのことだ？」

「昨日だそうです。弥吉は何か気負っているようだと、閻魔の辰は言ってました」

「そうか。やはりな」

弥吉は佐平のもとに行ったのに違いない。

夕方に六郎がやってきた。赤城純平の弟の純助の行方はとうとうわからなかったということだった。

今頃三人は明日の段取りを確認しあっているのかもしれない。

「太助さん。夕餉、まだでしょう。さあ」

多恵が促す。

「へい」

太助は勝手口にまわった。

翌朝、剣一郎は元鳥越町の『千鳥庵』に行った。

千鳥文の暖簾は出ていない。戸には臨時休業の張り紙がある。

剣一郎は裏口にまわった。

仕込みをしていた佐平が気づいて顔を向けた。

出てきて、

「鳥越神社でお待ちいただけますか」

と、佐平は言った。

剣一郎は鳥越神社の鳥居を入ったところで待った。

ほどなく、佐平がやってきた。

「お待たせいたしました」

佐平は頭を下げる。

「今日は、坪井家の『梅見の宴』だな」

「はい」

「堂々と、坪井家のお屋敷に入れるわけだ」

「蕎麦をお出ししますので」

「何十人分もの蕎麦を作るのだ。手伝いの者を何人も集めたのであろうな」

「いえ、それほどの人数ではありません」

「その中に、弥吉と純助も入っているのだな」

「さあ、手伝いの者の名前はわかりません」

佐平はとぼける。

「『梅見の宴』で『千鳥庵』の蕎麦を振る舞うといったのは用人の矢崎平左衛門さまだそうだな」

「いつぞや、たまたま『千鳥庵』にお寄りになって蕎麦を召し上がったところ、たいそう気に入っていただいたようで」

佐平は平然と答える。

「それ以前に、そなたは矢崎どのを知っていたのではないか」

「いえ。旗本屋敷の用人さまと会う機会などありませんので」

「そなたから会いに行ったのではないか」

剣一郎は先回りをして言う。

「なぜ、私が？」

「坪井貞道さまが真崎松次郎だと確かめるため……。会いに行ったのは半年前。お久という女中がお手討ちに遭ったあとだ」

剣一郎は想像を口にした。

「そなたと矢崎どののつながりは、それがきっかけとしか考えられぬのだ。

「……………」

「そして、そのとき、そなたは矢崎どのに十五年前の夫婦殺しを話したのではないか。どうだ、佐平」

剣一郎は迫った。

「さすがは青柳さま。そこまでお見通しでしたか」

佐平はあっさり認めた。

「お久という女がお手討ちに遭ったことは噂で聞いていましたが、私はあくまで客としてやってきた矢崎さまに『更級庵』の夫婦殺しを知ってもらおうとして」

「矢崎どのはなんと?」

「とても驚いていました」

佐平は淡々と続けた。

「その後、矢崎さまはときたま『千鳥庵』に来られました」

「矢崎どのは、そなたにどんな用で会いに来たのだ?」

剣一郎はきいた。

「下手人とされた赤城純平は自害だったのかを確かめに」

「なんと答えたのだ？」

「自害に偽装して真崎松次郎が殺したとはっきり言いました」

「そなたは赤城純平の弟純助を知っているな」

「はい。十五年前に会っています」

「最近も会っているのであろう？」

「いえ、会っていません」

佐平はとぼける。

「手討ちに遭ったお久には弥吉という親しい男がいた。弥吉を知っているな」

「はい。そういうひとがいたことは聞いていました」

「佐平」

剣一郎は静かに呼びかけた。

「今日の『梅見の宴』で何が起ころうが、わしらは何の手出しも出来ぬ」

「………」

「わしは勝手にあることを想像した。おそらく、そのとおりになるであろう。すなわち、そなたと純助、弥吉の三人は宴が終わった頃、矢崎どのの手引きにて坪井貞道こと真崎松次郎に襲い掛かるであろう」

剣一郎は皺が刻まれた佐平の顔を見つめる。

「無事、討ち果たすことが出来たとしても、三人は生きて屋敷からは出られまい。それより、討ち果たす前に返り討ちに遭うことも十分に考えられるのだ」

剣一郎は間を置き、

「わしとしては、三人とも生きて欲しい。無念さはわかるが……」

「青柳さま」

佐平が口をはさんだ。

「青柳さまに倣って、私も想像の話をいたします」

「聞こう」

剣一郎は耳を傾ける。

「我が兄は蕎麦職人として修業を積み、全国を歩き回って、ある味に辿りついたのです。江戸に帰り、兄嫁と所帯を持ち、芝の露月町で蕎麦屋を開きました。ふたりは仲のいい夫婦でした。蕎麦の味もよく、店に出ている兄嫁は美しい女で、たちまち評判になって繁盛しました。そんなときに現われたのが、真崎松次郎です」

　佐平は息継ぎをして続ける。

「松次郎は一目見て、兄嫁に惹かれたようで、それからは三日にあげず店にやってきました。亭主がいる前で、酒を呑みながら兄嫁を口説き、手を握って離そうとしない。そんな傍若無人なふるまいに兄も兄嫁も困り果てていたんです。そして、とうとう兄嫁は松次郎に、もう顔を出さないでくださいとはっきり言いました。その翌日の夜です。兄と兄嫁が斬殺されたのは……」

　佐平は苦しそうに大きく息を吐いた。

「店を閉めたあと、松次郎がひとりで乗り込んできて、兄嫁を手込めにしようとしたのです。激しく抵抗されて、松次郎はかっとなったのでしょう。ふたりを無惨にも……。ふたりの亡骸を見て、私は怒りから体が震えました」

　佐平は眦をつり上げ、

「同心の旦那に、殺ったのは真崎松次郎だと訴えましたが、相手は旗本の悴なので慎重に調べると言って、探索は遅々として進みません。そうしたら、同心の旦那がやってきて、赤城純平という若党が罪を悔いて自害したと。私は唖然としました。下手人は真崎松次郎だと訴えても聞いてもらえなかった」

　同心の益田嘉兵衛も最初は真崎松次郎を下手人と睨んでいたのだ。だが、相手が旗本だから慎重になったのも無理はない。赤城純平が死んだときも、益田嘉兵衛は他殺を疑っていたと、岡っ引きだった六郎も話していた。

だが、益田嘉兵衛は赤城純平は殺されたのではないと決めつけた。『更級庵』の夫婦を殺した罪に苦しみ、自害して果てたと事件を終結させた。真崎家から何らかの働きかけがあったのだろう。

「それからしばらくして、赤城純平の弟の純助さんが私を訪ねてきました。私の話を聞き、兄が下手人でないことがわかって、純助さんはほっとしていましたが、汚名を着せて殺した真崎松次郎を許せないと呻いていました」

佐平は間をとり、

「私も純助さんも共に、兄の命を理不尽に奪われた怒りと悲しみは十五年経っても消えません」

と、振り絞るように言って唇を噛んだ。

「十五年前、そなたは『更級庵』の近くに住んでいたのか」

剣一郎はきいた。

「同じ町内に住み、小間物屋で、行商をしていました。ですから、よく兄のところには顔を出していたんです」

「蕎麦職人ではなかったのか」

「いえ。私も兄の蕎麦が好きだったので、兄の味を残したいと思い、一念発起して蕎麦職人になったのです。三十からの修業ですから苦労しました。兄の足取りを辿り、信州の各地をまわり、兄の味に到達するのに十年かかりました。何度も諦めかけたのですが、兄の味が再現できたときは、思わずうれし涙を流しました」

「兄の味を出せるようになって、江戸に戻ったというわけだな」

「はい。『更級庵』を復活させたくて。でも、私は独り身だし、それに年も行きすぎている。そこで、蕎麦職人の磯吉さんとお清さんに出会い、ふたりに『更級庵』の復活を託したというわけです」

「そなたが独り身を通したのは復讐という目的もあったからではないのか」

「私は復讐より兄の味の再現に心血を注いできました」

「十五年経ち、そなたは兄の蕎麦の味を『千鳥庵』の磯吉に受け継がせることが出来た。純助は連れ添ったかみさんを亡くし、しがらみがなくなった。いよいよ、復讐に立ち向かって行くことが出来るというわけだな」

剣一郎は口にし、

「弥吉が大事な女を失ったのは半年前だ。怒りと悲しみは生々しい」

と、付け加えた。

「青柳さま。私も想像を話したまでです。十五年経っても、怒りと悲しみは忘れられません。しかし、実際に復讐に走ることとは別の問題です」

佐平は冷静に言う。

「しかし、そなたは坪井家の近くに『千鳥庵』を開店させた。純助はかみさんを亡くしたあと剣術道場に通っていたそうだ。復讐の準備ではないか」

「純助さんは、おかみさんを亡くした悲しみから逃れるために、剣術を習い出したのではないでしょうか」

「まあ、今日で、その答えが出るわけだ」

剣一郎は言った。

「どうでしょうか」

佐平は笑ってから、

「もうよろしいでしょうか。帰って、支度をしませんと」

と、きいた。

「忙しいところをすまなかった」

「いえ。では、失礼します」

佐平は頭を下げて引き上げて行った。

今生の別れになるかもしれないと思いながら、背中を見送ったが、ふと妙なことに気づいた。

佐平は常に淡々としていて、これから復讐するという気負いのようなものが窺えなかった。失敗はもとより、復讐に成功しても命はない。すでに死の覚悟が出来ているからか。

なぜ、そうまで落ち着いていられるのか。まるで、復讐などないかのように……。

そう思ったとき、剣一郎ははっとした。

まさか……。思わず、剣一郎は拳を握りしめていた。

四

柔らかい陽差しを浴び、老中金谷飛騨守の乗物が坪井家の門を入って行く。屈強な警護の侍が乗物の脇を固めていた。

剣一郎と京之進は長い行列が屋敷に入ったのを見届け、見張りの小者をふたり残して、その場を離れた。

すでに、佐平を中心とする蕎麦職人の一団は屋敷に入っていた。その中に、純助や弥吉がいたかどうかはわからなかった。

『白河屋』の内儀おゆうは、『田島屋』の勘兵衛とともに屋敷に消え、他の出入りの商人も続々とやってきていた。

剣一郎と京之進は鳥越神社の境内に入った。十人近い小者が社殿の裏手で待機している。騒ぎが起こったら、見張りのひとりが知らせに行き、京之進の指揮のもとにただちに坪井家の門前に駆けつける態勢をとっていた。

「事が起こるとすれば宴が終わった夕方だと思うが、それ以前でも警戒を怠らぬように」

剣一郎は京之進に言い、境内を出た。

そして、剣一郎は政五郎の家に行った。

「すまない、邪魔をする」

「どうぞ、どうぞ」

政五郎が言う。

剣一郎は部屋に上がった。

差し向かいになって、政五郎が口を開いた。

「まさか、こんなことになろうとは思ってもいませんでしたぜ」

「思えば、政五郎が芝にあった『更級庵』のことを調べたことからはじまった」

剣一郎は振り返るように言う。

「『千鳥庵』にいた食に詳しいふたりの客のおかげです。『更級庵』の蕎麦の味と同じだと言っていたんですから」

政五郎はしみじみ言う。

「どうぞ」

政五郎のかみさんが茶をいれてきた。

「すまぬ」

剣一郎は湯呑みをつかんでから、

「おかみさんは『千鳥庵』の蕎麦を食べたことは？」

と、きいた。

「いえ。私は蕎麦がだめなんです。食べると、肌が痒くなって」

「体質に蕎麦が合ってないようなんです」

政五郎が横合いから言う。

「それは残念だな」

剣一郎は同情した。

「そんなんで、自然と朝湯の帰りにいつもあっしひとりで『千鳥庵』に行くようになったんです」

政五郎は説明した。

半刻（一時間）後、太助がやってきた。

「ごくろう。どうだ？」

剣一郎はきいた。

「これが新兵衛さまから」

皺になった文(ふみ)を寄越した。

新兵衛は宴の様子を適宜、知らせることになっていた。屋敷内から裏塀の外に向かって石を包んで文を投げ、待ち構えている太助が拾ってきた。

剣一郎は広げる。

庭にて、宴はじまる。飛騨守さま、傍におゆうらしき女がついている。坪井貞道、上機嫌。台所にて、蕎麦打ち。顔に傷の若い男、発見。

顔に傷の若い男とは弥吉だろう。

「では、また屋敷に戻ります」

太助は政五郎の家を飛び出して行った。

夕七つ（午後四時）過ぎ、太助が駆け込んできた。

宴、最後に蕎麦が振る舞われる。飛騨守さま、坪井貞道に導かれて別室に移動。おゆうがお供。用人矢崎平左衛門、厳しい顔で見送る。

剣一郎は文を畳み、立ち上がった。

「いよいよだ」

剣一郎は刀を摑み、政五郎の家を出た。

「太助、京之進に屋敷前にと」

「わかりました」

太助は鳥越神社に向かった。

剣一郎は坪井家の門前が見通せる場所にやってきた。辺りは薄暗くなっていた。

見張っていた小者に、

「何か動きが見られたか」

と、きく。

「いえ、まだです」

小者が答えたとき、屋敷から叫び声のようなものが聞こえた。

脇門からひとが飛び出してきた。

商人ふうの男だ。

剣一郎は走ってくる男の前に立ちふさがった。

「どうした。何かあったのか」

剣一郎はきいた。

「よくわかりませんが、母屋(おもや)の中から悲鳴が聞こえ、ご家来衆が血相を変えて母屋に駆け込んでいきました。飛驒守さまのご家来衆も騒ぎ出して」

続けて、またひとり出てきた。やはり、町人だ。

「どうした？」

「飛驒守さまがあわただしく引き上げる支度をしていました。乱心者が刀を振り回しているという話が聞こえ、みな浮き足だっています」

「他の者はどうしているのだ？」

「屋敷から出るなと言われて。それでも出ようとする者は門番に食い止められています。私は隙を窺って」

男は興奮しながら言う。

門が開いた。

飛驒守の一行だ。

京之進が駆けつけた。

「あれは飛驒守さまの乗物」

「うむ。あわてて引き上げる」

三味線堀のほうに向かう一行を見送りながら、剣一郎は屋敷に踏み込めないことがもどかしかった。

飛驒守が逃げるように引き上げたのはよほどのことがあったに違いない。坪井貞道への復讐に成功したのか。失敗であれば、飛驒守が逃げていくことはない。

佐平、純助、弥吉らが出てくる気配はなかった。

暮六つ（午後六時）が過ぎ、続々と、『梅見の宴』に招かれていた客が出てきた。

京之進が声をかけ、何があったかをきいたが、誰も答えようとしなかった。おそらく、詳しい事情は知らされないまま、騒ぎについて何も言うなと厳命されたのであろう。

「聞く必要はない。作田新兵衛が入り込んでいる」

剣一郎は京之進に言った。

「わかりました」

京之進は答え、あとは新兵衛が出てくるのを待った。

そこに、『白河屋』の好太郎が駆けつけてきた。

剣一郎の傍にやってきて、

「青柳さま、何があったのでしょうか」

と、声をかけてきた。

「なぜ、ここに？」

　剣一郎は逆にきいた。

「『梅見の宴』が終わった頃を見計らって、おゆうを迎えに。そしたら、お屋敷から引き上げてくるひとたちがいたので声をかけたら、皆さん暗い顔で何も言わないのです」

「屋敷で何かあったらしい」

「何か？」

　好太郎は顔色を変えた。

「わからぬ。屋敷から出てきた者たちも知らないはずだ」

「まさか、おゆうが……」

　好太郎が悲鳴を上げた。

「無礼討ちに……」

「いや、そうではない。別のことだ」

　剣一郎は安心させるように言う。

「でも、おゆうは飛驒守さまの接待……。無体な要求を拒んで」

「飛驒守さまはすでに引き上げた」

「じゃあ、おゆうは無事で……。あっ、おゆうだ」

好太郎は門から出てきたおゆうを見つけて駆け寄った。

「おゆう」

「おまえさん」

おゆうも好太郎のもとに小走りにやってきた。

「大事ないか」

「だいじょうぶです」

おゆうは安心したように答えた。

「おゆう」

剣一郎は声をかけた。

「青柳さま」

おゆうは呟く。

「何も喋るなと言われて解放されたのだな」

「……はい」

「ひとつだけ教えてもらいたい。騒ぎがあったのは、そなたが飛騨守さまと別間に移動したあとか」

「そうです。別間に酒の支度がしてあり、飛騨守さまが席におつきになってお酒を呑みはじめたとき、悲鳴が……。それから、飛騨守さまのご家来が部屋にやってきて耳打ちを。飛騨守さまはあわてた様子で、私をそのままにして部屋を出ていかれました」

「そうか。わかった。さあ、帰るがいい」

剣一郎はふたりを帰した。

佐平、純助、弥吉の三人はまだ出てこない。それに、『田島屋』の勘兵衛も姿を見せない。

門から新たに数人が出てきた。中に、『千鳥庵』の磯吉がいた。他の者は手伝いの蕎麦職人のようだ。

剣一郎は歩いてくる磯吉の前に立った。

「青柳さま」

磯吉は強張った声を出した。

「佐平はどうした?」

「わかりません。お蕎麦をお客さまに配り終えたあと、ご用人さまに呼ばれ、台所からどこぞに行かれました」

「佐平ひとりか」

「いえ、佐平さんが連れてきたふたりもいっしょでした。それから、しばらくして悲鳴が……」

磯吉は声を震わせた。

「何があったと思った?」

「わかりません」

磯吉は首を横に振った。

「佐平さんが戻ってくるのを待っていたのですが、お屋敷の方から早く帰れと急かされ、その際、よけいなことを想像で喋るなときつく言われて。佐平さんに何かあったのでしょうか」

「まだ何も。わかったら知らせる。さあ、おかみさんが心配しているといけない。早く帰るのだ」

剣一郎は促した。

「はい」

磯吉は連れといっしょに帰って行った。

門は閉じられた。もう全員出てしまったのか。騒ぎが収まり、静かになった。

塀の傍の暗がりから男が現われた。職人ふうの男だ。その男が近づいてきた。

「新兵衛か」

剣一郎は声をかけた。

「はっ」

新兵衛は頭を下げた。

「作田さま」

京之進も新兵衛のもとに駆け寄った。

「何があったのだ?」

剣一郎がきいた。

「用人の矢崎平左衛門が坪井貞道さまを斬りました。坪井さまは絶命」

「して、矢崎どのは?」

「はい。近習の高槻弥太郎が矢崎平左衛門を斃しました」

「そうか。矢崎どのは……」

剣一郎は思わず目を閉じた。

「青柳さま」

新兵衛は厳しい顔になって話した。

「矢崎平左衛門は坪井さまを襲う前に、佐平、純助、弥吉の三人を隣の部屋に呼び、その上で、十五年前の『更級庵』の夫婦殺し、さらに罪を奉公人の赤城純平になすりつけ、自害を偽装して殺したこと、そして半年前のお久という女中への手討ちについて罪を問い質し、坪井家にあなたのような当主は不要だと言って斬りつけました」

やはり、矢崎平左衛門は三人を死なせたくなかったのだ。だから、三人に代わって自ら手を下したのだ。

「異変に気づいた近習の高槻弥太郎が駆けつけ刃を向けましたが、矢崎平左衛門は抵抗することなく、『若君を頼んだ』と言いながら討たれました」

新兵衛は目を伏せて言い、

「そこに、飛騨守さまが駆けつけ、事態を察すると、高槻弥太郎に坪井貞道を病死にし、坪井家のためにもこのことはなかったことにしてうまく始末せよと言い置いて、逃げるように引き上げました」

後ろめたいことがある飛騨守はこの場にいなかったことにしたかったのだろう。

「奥方はどうした?」

「奥方も、飛騨守さまの仰るとおりにと」

奥方は矢崎と通じ合っていると、剣一郎は睨んでいた。

「で、佐平たちは？」

「矢崎平左衛門の亡骸とともに、長屋のほうに」

「そこまで見届けてきたのか」

「はい」

「矢崎どのにも嫡男がおられたな？」

「はい。凛々しい若者です」

「そうか。矢崎家は、そのまま用人の職を継いでいけそうだな。矢崎どのはそこまでちゃんと計算をしていたのだ」

剣一郎は思わず呟いた。

「青柳さま」

京之進がきいた。

「我々としては知らなかったことに？」

「うむ。そうだ。旗本屋敷で何があったか、わしらが知ることはない。引き上げだ」

「はっ」

剣一郎の号令で、皆は一斉に引き上げた。

五

翌朝、朝餉を終え、出仕の支度にかかろうとしたとき、佐平が剣一郎を訪ねてきた。

すぐに客間に通し、剣一郎は佐平と向かい合った。

「朝早くに申し訳ありません。青柳さまにはまっさきにお知らせしなければならないと思いまして」

佐平は口を開いた。

「坪井さまと用人の矢崎平左衛門どのがお亡くなりになったようだな」

剣一郎は先に言う。

「ご存じで」

佐平は目を見開いた。

「じつは手の者を潜り込ませていた」

「さようでございましたか。では、おおよその経緯はおわかりに?」

「うむ。矢崎どのがそなたたち三人に代わって復讐を果たしたということだな。はじめからその計画であったのか」

「はい、昨日、青柳さまが想像だと仰ったことはほぼそのとおりでございます。たまたま、『千鳥庵』に客としてやってきた用人の矢崎さまに、坪井の殿さまは昔、真崎松次郎さまとおっしゃいませんでしたかと、私はききました。そのことがきっかけで、矢崎さまはときたま『千鳥庵』にいらっしゃり、私にいろいろ真崎松次郎さまのことについてお訊ねになりました。矢崎さまは坪井の殿さまのことを快く思っていないようだったので、思い切って、十五年前のことをお話ししたのです。たいそう、驚いていました」

　佐平は息継ぎをし、

「その後、矢崎さまの要望で、ひそかに純助さん、弥吉さんといっしょに会いました。三人の復讐の決意が固いと知ると、矢崎さまは手を貸すと仰ってくださいました。矢崎さまは、今の殿さまは坪井家の当主にふさわしくないと思っていたようで、私たちをうまく利用して排斥しようと考えたのです」

　佐平は大きく息を吐き、

「そして、『梅見の宴』が開かれることが決まったとき、矢崎さまは『千鳥庵』

の蕎麦を客人に振る舞うように手筈をとり、手伝いの蕎麦職人とともに純助さんと弥吉さんを屋敷内に送り込むようにと。復讐の場を作ってくれるのだと思いました。でも」

佐平はそこで目を閉じて、息を呑んでから目を開けた。

「矢崎さまはこう仰いました。十五年の忘れえぬ恨みを晴らしたい思いはわかるが、何も己の手でやらずともよいのではないか。わしはそなたたちに生き続けてもらいたい。わしが真崎松次郎を斬る。これは、坪井家の譜代の用人であるわしの務めでもある。そなたたち三人は、わしが斬るのを見届けることで復讐を果たしたと見なし、恨みの炎を消してもらいたいと」

「そうか。矢崎どのはすでにその覚悟を固めていたのか」

「はい」

佐平は頷き、

「『梅見の宴』で蕎麦がお客さまに振る舞われたあと、私たちは矢崎さまに呼ばれ、ある部屋に隠れました。やがて、隣の部屋に殿さまと矢崎さまが入ってきて、いきなり矢崎さまが十五年前の件を持ちだしたのです。さらに、お久という女中の件も追及し、そのようなひとでなしは我が殿とは仰げぬと、いきなり斬りつけました」

　ふうと息を吐き、佐平は続けた。

「私たち三人は隣の部屋から真崎松次郎が斬られるのを見て複雑でした。恨みを晴らしたという満ち足りた気持ちにはなれませんでした。自分が直接手を下さなかったからでもありません。復讐したとて、死んだ者が生き返ってはこない。その悲しみだけが胸を覆(おお)っていきました。おそらく、純助さんも弥吉さんも同じだったと思います」

「わかる」

　剣一郎は呟く。

「そのあと、近習のお侍が駆けつけ、矢崎さまを斬りました。私たちは、まるで夢でも見ているような心地でした」

「その後、飛騨守さまが駆けつけたようだな」

　剣一郎はきいた。

「はい。飛騨守さまはこんなことがあってはならない、病死にせよと近習の侍に言い、部屋を飛び出していきました」

「そなたたち三人は矢崎どのの長屋で、亡骸と共に一夜を明かしたのか」

剣一郎は確かめる。

「はい。私たちの恩人ですので、線香を絶やさず、冥福を祈っていました」

佐平は伏せた目を上げ、

「今日はこれから、兄と兄嫁の墓に報告に行くつもりです」

「ふたりとも、そなたが無事でほっとしているに違いない」

「はい」

「ところで、なぜわざわざわしに知らせに来たのだ？」

剣一郎はきいた。

「矢崎さまから言われていたのです。すべての経緯を青柳さまにお知らせするようにと」

「矢崎どのが」

目尻が下がった温和そうな矢崎平左衛門の顔を思いだした。

「そうか。矢崎どのはそこまで気をまわされていたのか」

「はい」

「純助と弥吉はどうしてる」

「はい。私たち三人は矢崎さまに救われたのです。ほんとうは弥吉さんは坪井さまを討ち果たしたあと、『田島屋』の主人を襲うつもりでしたが、矢崎さまに諫められました。生きて、お久の供養と、お久のふた親の面倒をみてやれと。そのほうが、お久は喜ぶと」

「確かに、そのとおりだ」

剣一郎は大きく頷いた。

「純助さんは、これで長年の苦しみから解放される。これからは心静かに暮らしていくと言ってました」

「そうか」

「では、私はこれで」

佐平は腰を上げた。


出仕して、剣一郎は宇野清左衛門に佐平から聞いた話を報告した。

清左衛門も昨夜のうちに作田新兵衛から報告を受けていた。

奉行所を出て、剣一郎は本材木町三丁目と四丁目のあいだにある大番屋に行った。

「相変わらずです」

取り調べていた京之進が厳しい顔で言う。

一太殺しの疑いで捕まえた長次は頑強に否認していた。『田島屋』の主人勘兵衛も関与を否定している。

剣一郎は莚の上に座っている長次に、

「長次。昨夜、坪井さまのお屋敷で何があったか知るまいが、『田島屋』の勘兵衛もこれで窮地に追い込まれる。おそらく、勘兵衛のほうが先に落ちるかも知れぬ。そうなったら、そなたに情状酌量の余地はなくなる」

「何があったんで?」

長次は不安そうになった。

「あとで聞け」

剣一郎は長次の前を離れ、京之進にあとを託し、大番屋を出た。

田原町に向かい、『田島屋』に寄ったが、勘兵衛は出かけていた。

昨夜遅く帰ったが、昼過ぎに坪井家の屋敷に出かけたと、番頭が言った。

また出直すと言い、剣一郎は田原町から阿部川町のいろは長屋に作蔵夫婦を訪ねた。

「ごめん」

声をかけ、腰高障子を開けて土間に入る。

「青柳さま」

と、声をかけてきたのは弥吉だった。

「弥吉か」

剣一郎も思わず答えた。

「はい」

弥吉は上がり框（かまち）まで出てきた。作蔵とかみさんも会釈をした。

「佐平から聞いた。お久はあっしの女房です。これからは、義理のお父っつあん、おっ母さんといっしょにお久の冥福を祈りながら生きていきます」

長い苦しみから抜け出たように、弥吉は晴々とした表情で言った。

「それでいい」

「青柳さま、ありがとうございます。弥吉が帰ってきてくれて、生きる張りが出ました」

作蔵が何度も頭を下げた。

「いや、これも皆、坪井家の用人矢崎平左衛門どののおかげだ。あのお方によって、多くの者が救われた」

剣一郎は矢崎平左衛門を讃えた。

「はい。矢崎さまのご恩は忘れません」

弥吉も感謝を口にした。

剣一郎はいろは長屋を出てから元鳥越町の政五郎の家に寄り、今回の一件をすべて話した。

「そうでしたか。佐平さんも無事で」

政五郎は安堵(あんど)したように言い、

「じゃあ、明日からまた『千鳥庵』は店を開けるでしょうか。もう二日も朝湯のあと、蕎麦を食べていませんので」

と、舌なめずりした。

「それは残念だったな。でも、明日はだいじょうぶだろう」

剣一郎は苦笑した。

「そうそう、おゆうさんも無事だったのですね」

「大事ない」

「それはよございました」

　それからしばらくして、剣一郎は政五郎の家を出た。

　西の空が赤く染まっていた。

　再び、田原町の『田島屋』に行った。

　番頭が出てきて、

「先ほどいったん帰ってきたので、青柳さまがあとでもう一度いらっしゃると申し上げたのですが、またお出かけに」

　と、申し訳なさそうに言った。

「そうか。仕方ない。今日のところは諦めよう」

　剣一郎は『田島屋』を出た。

　駒形堂（こまがたどう）の前を過ぎたころにはすっかり暗くなり、暮六つ（午後六時）の鐘が鳴り出していた。

　御蔵前（おくらまえ）に差しかかって、人通りも少なくなっていた。左前方には米蔵が並んでおり、その周囲は空き地になっていた。

雲間から月が覗いている。ふと、殺気を感じ、足を緩めた。その刹那、暗がりから白刃を構えて、覆面の侍が突進してきた。

剣一郎は鯉口を切り、相手が迫るのを待ち受けた。賊は凄まじい気合とともに剣一郎に斬り込んできた。

十分に賊を引きつけ、刃が振り下ろされるのを待って抜刀し、剣一郎は相手の剣を強く弾いた。

賊はすぐに体勢を立て直し、裂帛の気合で斬りかかった。剣一郎は刀の鎬で相手の剣を受け止め、鍔迫り合いになった。

相手の顔が眼前に迫ったとき、月明かりに相手の顔がはっきり見えた。

「そなた、近習の高槻弥太郎だな」

剣一郎が言うと、相手は後ろに飛び退き、正眼に構えた。

「わしを青柳剣一郎と知ってのことか。だとすれば、背後にいるのは田島屋勘兵衛か」

剣一郎が鋭く指摘すると、高槻の動きが止まった。

「そなたは、坪井さまの非道を知りながら支え続けてきた」

「俺は近習だ。殿にお仕えするのは当然だ」

「違う。坪井家のためを思うなら、諫言すべきだった。それが出来ないのであれば、坪井さまの非道をやめさせようとした中間の一太を殺すような真似をすべきではなかった。あれは、用人の矢崎どのに対する警告だったのだろう」

「一太を殺したのは俺じゃない」

「『田島屋』の勘兵衛だ。だが、そなたは坪井さまを止むなく討ち果たした用人矢崎どのを斬った」

「殿を殺めた者を討ち取るのは家来の役目」

「矢崎どのは坪井家のために、坪井さまを斃したのだ。そなたと勘兵衛は共に坪井さまを支えてきた。その罪は小さくない」

「黙れ」

激しい勢いで、高槻は強引に斬りつけた。剣一郎は身を翻して相手の剣を避け、続けざまの攻撃も後退って逃れる。

相手の攻撃が止んだ隙をとらえ、剣一郎は足を踏み込み、高槻に迫り、相手の刀を弾き飛ばした。

高槻はあわてて刀をとりにいこうとした。

「待て。これ以上攻撃をしかけてきたら、そなたを斬らねばならなくなる。わしに討たれるのは本望か。そうではあるまい。そなたの実家は御家人の高槻家ではないのか」

高槻家の部屋住みの弥太郎が坪井家に奉公しているのだと察し、剣一郎は続けた。

「高槻家の名に恥じぬように武士らしく始末をつけよ」

「うむ」

高槻は唸った。

剣一郎は背後の暗がりに向かって、

「田島屋勘兵衛、そこに隠れているのはわかっている」

と、鋭い声を投げつけた。

「高槻弥太郎をたきつけ、わしを斃そうとした。長次に命じて一太を殺させたのもそなただ。もはや、言い逃れは出来ぬ」

剣一郎は激しく言い、

「出てくるのだ」

と、迫った。

勘兵衛は出てこなかったが、月の位置が変わり、勘兵衛のいる場所に月影が射した。

　勘兵衛は悄然と立っていた。

「明日、改めて奉行所の者がそなたのところに出向く。それまでに、店の後始末を考えておくのだ」

　剣一郎は刀を鞘に納め、月影を浴びながら悠然と八丁堀の屋敷に戻った。

　屋敷に帰ると、太助が来ていて、

「遅うございましたね」

と、きいた。

「うむ。残っていた問題を片付けてきた」

　剣一郎は高槻弥太郎と田島屋勘兵衛について語った。

「そうでしたか」

　多恵がやって来て、

「今日、おゆうさんに会ってきました。自分はどうかしていたと、おゆうさんは自分の行ないを振り返って恥じていましたよ。好太郎さんも自分がいけなかったのだと訴えていました。改めて、夫婦の絆を見つめ直したと、ふたりは言っていました」

と、話した。

「それはよかった」

剣一郎も思わず笑みがもれた。

「そうそう、おゆうさんは千鳥文の着物を仕立てていると言ってました」

「千鳥文の着物？」

「政五郎さんが生地を贈ってくれたそうです。千鳥文には夫婦円満、家内安全の願いが込められているからと、政五郎さんが言っていたそうです」

「そうか。政五郎は『千鳥庵』の暖簾の千鳥文が頭にあったのだろう」

剣一郎は満足そうに呟き、

「弥吉も作蔵夫婦のもとに帰った」

と、話した。

「よかったですね」

太助も満足そうに頷いたあとで、

「それより、青柳さま。夕餉はまだなんでしょう。早く、食べてきてくださいな」

と、言った。

「おや、それはわしの台詞(せりふ)だったが」

剣一郎は苦笑し、

「今になって空腹を覚えた」

と、多恵とともに部屋を出て行った。

背後で、太助が微笑(ほほえ)ましそうに見送っているのを、剣一郎は感じていた。

# 一〇〇字書評

切り取り線

| 購買動機（新聞、雑誌名を記入するか、あるいは○をつけてください） | |
|---|---|
| □（　　　　　　　　　　）の広告を見て | |
| □（　　　　　　　　　　）の書評を見て | |
| □ 知人のすすめで | □ タイトルに惹かれて |
| □ カバーが良かったから | □ 内容が面白そうだから |
| □ 好きな作家だから | □ 好きな分野の本だから |

・最近、最も感銘を受けた作品名をお書き下さい

・あなたのお好きな作家名をお書き下さい

・その他、ご要望がありましたらお書き下さい

| 住所 | 〒 | | | | |
|---|---|---|---|---|---|
| 氏名 | | 職業 | | 年齢 | |
| Eメール | ※携帯には配信できません | 新刊情報等のメール配信を 希望する・しない | | | |

この本の感想を、編集部までお寄せいただけたらありがたく存じます。今後の企画の参考にさせていただきます。Eメールでも結構です。

いただいた「一〇〇字書評」は、新聞・雑誌等に紹介させていただくことがあります。その場合はお礼として特製図書カードを差し上げます。

前ページの原稿用紙に書評をお書きの上、切り取り、左記までお送り下さい。宛先の住所は不要です。

なお、ご記入いただいたお名前、ご住所等は、書評紹介の事前了解、謝礼のお届けのためだけに利用し、そのほかの目的のために利用することはありません。

〒一〇一－八七〇一
祥伝社文庫編集長　清水寿明
電話　〇三（三二六五）二〇八〇

祥伝社ホームページの「ブックレビュー」からも、書き込めます。

www.shodensha.co.jp/bookreview

祥伝社文庫


忘(わす)れえぬ　風烈廻(ふうれつまわ)り与力(よりき)・青柳剣一郎(あおやぎけんいちろう)

令和 6 年 4 月 20 日　初版第 1 刷発行

著　者　小杉健治(こすぎけんじ)

発行者　辻　浩明

発行所　祥伝社(しょうでんしゃ)


東京都千代田区神田神保町 3-3
〒 101-8701
電話　03（3265）2081（販売部）
電話　03（3265）2080（編集部）
電話　03（3265）3622（業務部）
www.shodensha.co.jp


印刷所　堀内印刷
製本所　積信堂
カバーフォーマットデザイン　中原達治



ISBN978-4-396-35047-5 C0193